杜仲华 著

指尖的彩虹

程亚杰环球艺术朝圣记

The Rainbow
at Fingertips

Cheng Yajie's
Global Art Pilgrimage

文化艺术出版社
Culture and Art Publishing House

图书在版编目（ＣＩＰ）数据

指尖的彩虹：程亚杰环球艺术朝圣记 / 杜仲华著. —北京：
文化艺术出版社，2017.2
ISBN 978-7-5039-6198-4

Ⅰ.①指… Ⅱ.①杜… Ⅲ.①传记文学—中国—当代
Ⅳ.①I25

中国版本图书馆CIP数据核字（2017）第026885号

（本书所有作品除已署名者外，均由程亚杰创作）

指尖的彩虹
程亚杰环球艺术朝圣记

著　　者　杜仲华
责任编辑　魏　硕
书籍设计　马夕雯
出版发行　文化艺术出版社
地　　址　北京市东城区东四八条52号　（100700）
网　　址　www.whyscbs.com
电子邮箱　whysbooks@263.net
电　　话　（010）84057666（总编室）　　84057667（办公室）
　　　　　　　　84057691—84057699（发行部）
传　　真　（010）84057660（总编室）　　84057670（办公室）
　　　　　　　　84057690（发行部）
经　　销　新华书店
印　　刷　北京雅昌艺术印刷有限公司
版　　次　2017年5月第1版
印　　次　2017年5月第1次印刷
开　　本　790毫米×960毫米　1/32
印　　张　9.25
字　　数　110千字
书　　号　ISBN 978-7-5039-6198-4
定　　价　68.00元

——✥ 程亚杰 ✥——

1958年生于北京，幼时随父母移居天津，擅绘画，曾就读于天津工艺美校和天津美术学院。1990年远赴莫斯科苏里柯夫美术学院进修，1991年苏联解体后，辗转奥地利，被"梦幻现实主义"创始人沃尔夫冈·胡特（Wolfgang·Hutter）的"大师班"破格录取。在学期间，他创作的油画《我的宝贝》入选欧洲著名美术赛事 SHEBA 大赛。1995年，因成功为新加坡"国父"李光耀创作肖像画而受邀定居新加坡。其后二十余载，他在欧洲、亚洲、美洲各地频繁举办画展、写生和学术交流活动，作品被世界多家博物馆、美术馆及私人收藏。其创作风格多变，绘画语言丰富，成为在海外有一定影响力的艺术家。

目　录
Contents

尾　声

Chapter 1

第一卷　摇篮

（1958—1989　天津）

每个健康的男孩子的一生中，总有一个时期会燃起一种炽烈的愿望：想到什么地方去挖掘埋藏的财宝。

——马克·吐温

第一章　看到了天上的星星

　　他一个人走在山间小路上，脚踩着青灰色石子，两旁是一簇簇盛开的野花，黄的、白的、粉红的、紫罗兰的，鲜嫩而妖冶。分明是个晴朗的白天，一抬头，却看到了天上的星星，它们顽皮地眨着眼睛，就像平时看到的卡通片里的形象。这时，一只蝴蝶从他眼前飞过，栖息在一朵黄色的野菊瓣上。它的翅膀真漂亮啊，他想象不出用什么颜色能画出它的丰富与美丽。他蹑手蹑脚地走到花前，想捉住它，不料，它抖抖翅膀飞走了。他在后边穷追不舍。结果一脚踩空，跌进万丈深渊，发出一声绝望的呼喊……

　　"亚杰，醒醒！又做噩梦啦？"

　　惊魂未定的他睁开眼睛，看到母亲正在用力摇晃他的肩膀，然后俯身摸摸他的脑门：

　　"退烧了！昨晚可吓坏妈妈了，三十九度五！以前你也发烧，从没这么高过啊。幸亏到医院打了退烧针，谢天谢地，总算退烧了！"

　　"妈，我没事，刚才还做了个美梦呢！"

　　"美梦，你喊什么？"

　　"嗨，就是不小心摔了一跤！"

"好了，别说了，你起床后吃点儿早点，然后在家休息，恢复一下体力。"

亚杰深情地望着母亲，多亏她推醒了他，使他及时从可怕的梦境中解脱出来，回到温暖的现实世界。

在亚杰幼小的心灵里，母亲是这个世界上他最先认识、情感上最亲近的人。当时，他家住在北京东城区崇文门外南城根汇文中学校舍，母亲张文茵是这所学校的俄语教师，这在20世纪50年代中苏"蜜月期"是个十分时髦的职业；父亲程文科是北京空军某部摄影师，专门从事空中摄影工作，20多岁便已晋升中尉军衔，每月工资80多元，在当年属于高薪阶层，所以家庭生活条件一直很优裕。亚杰1958年4月9日在北京同仁医院呱呱坠地后不久，便随父母举家移居到天津：父亲从军队转业到天津电影制片厂担任摄影师，后调入天津电视台任编辑、记者、国际部主任，而母亲也调入天津感光胶片厂任高级工程师。所以，从亚杰记事起便对天津这座被称为北京门户、九河下梢的中西文化交汇的城市，怀有一种深深的家乡情结。

与历代帝王之都、全国政治文化中心北京相比，天津是一座风貌独异的城市。它的历史不算太长，源起于明成祖朱棣南下"靖难"时，从此地渡河，建城设卫，命名"天津"，乃"天子的渡口"之意。其后几百年间，天津逐渐发展为北方漕运码头、工商业重镇，并成为拱卫京师的门户。1900年八国联军入侵北京，便是从天津大沽口登陆，挥师北进的。天津也是西方工业文明最早烛照中国的地方。清朝末年，李鸿章领导的洋务运动，使天津拥有了中国最早的有轨电车、电话、电报、邮

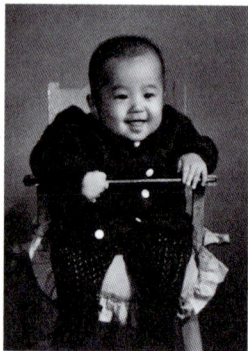

1958年，程亚杰出生于北京　程亚杰与父母

1961年，程亚杰与堂哥程亚力于北京中山公园

1972年，程亚杰与妹妹程亚彤于天津水上公园

小学三年级时，程亚杰于天津水上公园学习《毛主席语录》

局、电灯和自来水等。更令天津人骄傲的是，这里还诞生了中国近代最早的北洋大学堂（天津大学）、南开中学和南开大学，培养出无数在中国近代史上叱咤风云的人物，最著名的就是周恩来和邓颖超。而诸多历史文化名人如李叔同、梁启超、曹禺等，以及末代皇帝溥仪、没落贵族、遗老遗少、下野的历任民国总统等，都曾在天津这个政治"避风港"里留下足迹。至今，在天津五大道和意式风情区，一座座名人故居被确定为重点文物保护单位，成为供海内外游人参观游览的热门景点。所以，有"近代中国看天津"之说。当代文化学者、作家冯骥才曾将天津的文化形态归纳为三个空间：码头文化、老城文化和租界文化。其实也就是东西方文化交汇，精英文化与俗文化并存这样一种多元形态。

初到津城时，亚杰一家住在河西区尖山曙光里40号，一幢新中国成立初期兴建的简易住宅楼群里。这种楼房一般三至四层，没有客厅，只有一至两间卧室，以及连接卧室的通道。逐渐熟悉这座城市之后，亚杰对自己所居住的社区产生了一种比上不足、比下有余的盲目乐观情绪。他并不羡慕曾为九国租界的解放北路、五大道风格独具的小洋楼，当年，那里不仅是西方列强奴役中国人民的屈辱见证，而且住在那里的居民多是"封资修"的后代，多在新中国成立后和"文革"爆发时被扫地出门；也不羡慕多数天津人世代祖居的老城里、大直沽、红桥针市街、南市"三不管"一带狭窄弯曲的小胡同、大杂院和鳞次栉比的青砖瓦房，那种高密度高分贝嘈杂喧闹的生活环境，实在不是他理想的住所。

亚杰需要一个相对安静的环境。曙光楼便能最低程度地满足他的这个要求。因为很小的时候，深受儒家思想影响的父亲，便对他有一种"望子成龙"的祈望。每到周末，父亲都会将他叫到身边，教他背诵唐诗宋词，从李白的"床前明月光，疑是地上霜，举头望明月，低头思故乡"，到苏轼的"大江东去，浪淘尽，千古风流人物"……先解文释义，领悟主题思想、诗词意境，再一遍遍朗读背诵，直至滚瓜烂熟。此后，又由读到写，逐渐养成写日记的习惯，将每日所见、所闻、所思、所想，统统记在日记本上；无话可说时，就是"流水账"也要持之以恒，一日不落，一直写到大学时代。这种读写习惯不仅成为一种文化积累，更锻炼了他的记忆能力：看赵丹的电影《林则徐》，能背诵林则徐的台词；听李润杰的快板《劫刑车》，能把大段快板书倒背如流；听马三立的单口相声，能模仿他抖"包袱"的口气，嘴皮子越来越"溜乎"。还有一个爱好使亚杰特别痴迷：照相。当时他家有一台"海鸥"牌单反相机，拍完风景、人像，他便拿自家卧室当"暗房"，拧开红灯泡，配好显影、定影液，自己冲洗出来，再贴在玻璃上风干、揭下、剪裁，一张张黑白照片就这样诞生了。

春节到了，这是天津民俗味最浓的传统节日，家家贴窗花对联、购置年货、相互拜年，在物质相对匮乏的年代里，提着两盒糕点探亲访友已成为一种约定俗成。最高兴的是孩子们，"姑娘戴花，小子放炮"，居民区、小胡同里，弥漫着一股喜气、欢乐气和炮竹的硝烟气。亚杰生性活跃顽皮，最爱玩耍，别的孩子把成挂鞭炮拆开，一个个塞到墙缝里，点着，跑开，捂着耳朵生怕被震聋。亚杰对此不屑一顾。他有他的玩法：抖闷葫芦。把闷葫芦放在细绳上，用双手抖响，然后用力一甩，把闷葫芦抛向空中，待落下时再用细绳接住，像杂技表演一般，把大院里的孩子看傻了。一遍不过瘾，还要连续玩上几次。不料这一次演砸了。亚杰一不小心把闷葫芦耍飞，"呼"地飞到他嘴上，门牙被打掉一半，血流不止。孩子们赶紧上楼通报，母亲心急火燎跑来，用毛巾捂上他的嘴，飞快去了医院。医生为他消毒、止血后，又挑了神经，疼得他呜哇乱叫直哎哟。这件事对他真是刻骨铭心，以后的多少年里，他做的最多的梦，就是掉牙。

小时候亚杰最爱感冒。动不动就扁桃腺发炎，继而发烧、咳嗽，不能出门，待在家里百无聊赖，他便在纸上胡涂乱抹起来，什么卡通里的鸟兽、年画里的人物、器皿上的图案，逮着什么临摹什么。晚上父母回家，觉得儿子画得有模有样，有点儿绘画天赋，便鼓励他往这方面发展……有时真的不能抱怨生活，它在带给你痛苦与无奈的同时，往往又有回馈，让你无意中发现自己的潜能，如果将这种潜能发挥到极致，就可能因此而受惠终生。

这次，他又感冒发烧了，又有理由不去上学了，他忽然感到手痒了，于是起床、洗漱，准备开始画画。

饭桌上，母亲早已给他准备了大米粥、面包和一小盘腌黄瓜。

"妈，我想吃烧饼馃子！"

"听话，孩子，你病还没好利索，不能吃油腻的食物！"

"那我就喝凉水!"

"不可以,你从小就爱吃冷食,这对你的胃口是有伤害的,懂吗?"

亚杰嘟嘟囔囔,胡乱吃了几口,就说没胃口,抹抹嘴,走了。

"你别走,我跟你说件事,我有个朋友,认识天津杨柳青画社的画家步万方,想请他教你画画,好不好?等你病好了我就带你去他家!"

"太好了,今天就去吧,我已经没事儿了!"

"看把你急的,我也得给朋友打个电话,问问步老师今天有没有时间呀!"

"快去快去!"亚杰听说学画,马上来了精神,推着母亲就往外走。母子俩来到马路上一个公共电话亭前,拨通了朋友的电话。朋友又联系了步万方。巧的是步万方今天正好在家。

步万方家住离尖山不远的佟楼德才里越胜楼,母子俩找到步老师的寓所,敲门,出来一位梳着两条麻花辫的小姑娘,忽闪着两只大眼睛:"找我爸爸的吧?进来吧!"进了屋,一位个子不高、留着分头、大脑门、小圆脸的中年人从画案前起身相迎:"侬好,我是步万方,吴阿姨对我讲了,说您的孩子想学画……"

"真不好意思,给您添麻烦了!这孩子从小喜欢画画,我们看他有点儿天赋,就想请名师指点一下。"

"不客气,我跟吴阿姨是老朋友了,应该的!学画一定要有天赋,有兴趣,而且这些都是孩提时代就表现出来的!"

步万方是上海人，说话细声细语，温柔曼妙，那语音，就像女孩子唱歌一样，富有节奏韵律感。亚杰马上就喜欢上这位绅士风度的"小男人"。

"孩子，你过来，告诉叔叔，从几时开始画画的，平时最爱画什么东西呀？"

"步老师，您好！我妈知道，我从小爱得感冒，一感冒就发烧，待在家里没事干，就在纸上乱画，看见什么画什么。画得最多的是动画片里的人物。"

"来，我画案上有纸，你随便画点儿东西让叔叔看看，好不啦？"

亚杰点点头，走到画案前，用铅笔画了一幅动画片《大闹天宫》里的孙悟空形象。

"不错，形很准，线条也很流畅，有培养前途。这个徒弟我收了！"

那时的人情关系真单纯啊，没有请客送礼，没有功利目的，简单的事情简单办。现今的父母们为了"望子成龙"，花了多少钱，跑了多少腿，找了多少关系，浪费了多少心血，最终又能怎样呢？多少年后，亚杰忆起这段往事依旧不胜唏嘘。

第二天，步万方带着新收的小徒弟，去他的工作单位天津杨柳青画社参观。画社位于佟楼三合里，与天津杂技团、天津河北梆子剧院同在一个大院里。杨柳青画社，顾名思义，是研究和出版天津民间木版年画杨柳青年画的文化机构。在木版年画车间，亚杰看到了年画从起稿、刻版、印刷到敷色的整个生产流程，真是大开眼界。此前，他看过有些人家过年时张贴的

《莲年有余》《五谷丰登》《五子夺莲》等杨柳青年画，大部分是印刷品，像这样原汁原味、用原始方法制作出来的木版年画，还是第一次领略。

"亚杰，你听说过泥人张、风筝魏吗？它们与杨柳青年画一起，被誉为天津民间艺术三绝。杨柳青年画历史很悠久，明代就有了，到清代乾隆时期达到高潮。那时，杨柳青镇各个村庄都有年画作坊，有一句话就是描写当时盛况的，叫作'家家会点染，户户善丹青'。说明我们天津的能工巧匠很多哦！我们画社的成立，就是为了使这一民间艺术得到继承和发扬。怎么样？你如果有兴趣，我们就从画线条开始，白描，双勾，然后是渲染。你要知道，无论民间年画还是中国画，无论工笔还是写意，线条都是中国绘画的基本元素。所谓笔墨，笔就是线条，墨就是渲染。掌握了笔墨技巧，你就可以说学会画画了。明白了吗？"

"明白，步老师，我一定好好跟您学！"

从此，步万方的家庭里，仿佛多了一个小成员：每逢星期天或节假日，亚杰都会来到这里，观察老师手中灵动的画笔，聆听老师柔声细语的教诲，有时还伴随着老师女儿步静优美的钢琴旋律，一点点模仿着、吸收着、消化着，从春到秋，窗外树叶的颜色悄悄由绿变黄，他纸上的画面也悄悄发生着变化，由浅而深，由简而繁，由生而熟，一步步叩开了绘画艺术的大门。

他看到了天上的星星，这次不是梦里，而是在现实中。

第二章　好大一根"麦秆"

　　亚杰的中学时代是在天津的一所名校——平山道中学（即后来的实验中学）度过的。从尖山到平山道，要经过天津五大道中的马场道，当年的英国跑马场、英国俱乐部（新中国成立后改称干部俱乐部）所在地，而与之毗邻的是天津迎宾馆，一个接待中外嘉宾的环境幽美的花园式建筑群，大概相当于北京的钓鱼台国宾馆。平山道中学附近，坐落着天津人民艺术剧院，一个冥冥之中注定要与他的人生发生关系的地方。每天，亚杰骑着一辆"飞鸽"自行车，往返于学校与家庭之间，尤其在放学之后，遇到好的景致或场面，不免会掏出速写本，用铅笔或钢笔记录下来。他时刻记着步万方老师的话：线条，是造型艺术的基础。

　　一个初春的下午，亚杰在教室里上自习课，写完作业，无事可做，便偷偷在纸上画起速写。画得正入神，耳畔忽然响起一个女人的声音："画得不错哟！"抬头一看，原来是九班的班主任路玉兰老师，她俯身看

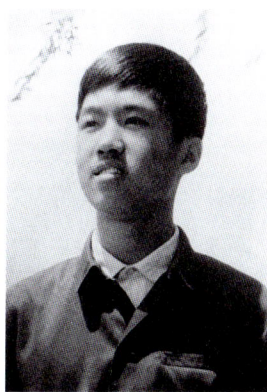

在实验中学（平山道中学）求学时期的程亚杰

着他的画，脸上漾起一种惊喜与赏识的笑容。亚杰的脸红了，好像考试作弊时被监考老师发现一样。

"我已经写完作业了，路老师。"

"我不管你作业的事。你这么喜欢画画，为什么不参加学校的美术组啊？"

"不不，路老师，我看过美术组同学的画，画得太好了，人家怎么可能让我进去呀！"

"噢，这个你不用担心，只要你同意，我会向美术组的苏老师推荐你的！"

"我当然愿意了，谢谢路老师！"

果然不出所料，亚杰一进美术组就尝到了"苦头"：学兄们的绘画水准高得吓人，孙静群、鲁汉、李植一……一个赛着一个，无一不是英雄好汉、武林高手，素描、速写、水彩、静物，画得那叫顶呱呱、超级棒，他除了羡慕，剩下的只有黯然神伤了。"天哪，他们画得太好了，我这辈子也甭想追上人家

2016年，程亚杰与实验中学杨静武校长在"中国天津程亚杰实验艺术馆"

了！"别人支开画架画素描，他像个谦卑的小徒弟，站在别人身后"偷艺"，看他怎么起稿、涂调子、排线条，把那个长着一头卷发的外国大帅哥——大卫的石膏像画准、画像、画出空间感和立体感。

有一天，学兄李植一仿佛猜透了他的心思，拍拍他的肩膀说："亚杰，光看别人画是提高不了的，必须亲自动手，实践出真知嘛！"

"我是怕画不好，让你们笑话。"

"这就是小弟多虑了，你想啊，一个美术组里，虽说高手如云，毕竟也能分出高下。这时候，谁都想做最好的那个，也就无暇笑话最差的那个了。譬如金字塔，当你处于塔尖的位置时，还会在意下面的基座吗，你说是不是？"

"是啊，我怎么没想到呢？"

"慢慢学吧！"

"我一直想问你，你不但画画好，作文也写得好，经常被语文老师当作范文拿到各班朗读。你是跟谁学的呀？"

"告诉你个小秘密，你听说过李厚基吗？"（李厚基是天津知名文学评论家、天津师范大学教授。）

"李厚基？好像在报纸上看过他写的文章，怎么，你认识？"

"李厚基是我爸爸！"

"啊？真的吗？那我得仰视你了！"

"不用仰视，你参加我们文学沙龙的活动就可以了！"

不久，李植一在他的文学沙龙上向亚杰介绍了两位新朋友，一位是中央美院的美术史教授高火，一位是小提琴演奏家肖宁。他们一起谈文学、说绘画、聊音乐，从司汤达的《红与黑》、狄更斯的《大卫·科波菲尔》、雨果的《巴黎圣母院》，一直到奥地利心理学家弗洛伊德的《梦的解析》。他真得感谢这个时代。在经历了十年文化专制主义的桎梏后，一个新的思想解放运动正在神州大地兴起，而最先解禁的便是中外文学名著。为了买到这些名著，亚杰也加入到新华书店门前那浩浩荡荡如饥似渴的读者长龙中。而每读一部名著，他们都有新的发现、新的理解和认识，一见面便滔滔不绝，各抒己见，有时为了一个人物、一个情节、一个观点，就会争得面红耳赤。这种对西方文化的浓厚兴趣一直持续到程亚杰的大学时期。实际上，对西方哲学、心理学的研究，特别是对弗洛伊德《梦的解析》的研究，直接影响了他在西方"朝圣"时艺术理念和创作风格的形成和发展。而中学的这段经历堪称他的思想启蒙时期。

在学校宣传组里，有一个叫作樱树的女孩引起程亚杰的关注：她父亲是中国留日学生，母亲是日本人，樱树小时候由于交通事故，造成下肢部分瘫痪，上下学和外出时，均需有人照顾。而她家与亚杰家相距不远，于是，亚杰便自愿担当起"护花使者"，每天把她背下楼，安置在轮椅上，接送她去学校。久而久之，亚杰与樱树一家成了最知心的朋友，一有闲暇，他便到她家串门、画画。樱树的母亲坂本阿姨是个典型的日本妇女，人很温柔、善良，每次亚杰送樱树回家，她都跑到门口迎接，笑盈盈地，身子几乎弯成了九十度："你辛苦，多谢了！"正像俗话说的，好人有好报。亚杰未曾料到，他这种助人为乐绝无功利目的的举动，竟为他带来求学路上一个重要契机。一天晚上，亚杰在灯下为樱树画头像写生，坂本阿姨在旁观看。看到女儿的形象在亚杰笔下呼之欲出时，她高兴得嘴都合拢不上了。

"我看你画得越来越好了，"坂本阿姨对亚杰说，"我有一位画家朋友，是天津美院教授，名叫王麦杆，我介绍你认识他，好吗？"

亚杰愣愣地看着这位慈祥的母亲，半信半疑地问："美院教授？教我画画？"

"是的，我们是好朋友，没问题的，我跟他约个时间，咱们一起去他家拜访，好不好？"

"好哇好哇！"亚杰抑制不住内心的激动，拼命点头表示赞同。一个初学画画的中学生，一个学校美术组里的"小尾巴"，能得到美院教授的指导，这是天大的好事啊！

初夏，一个风和日丽的下午，坂本阿姨带着亚杰穿越半个天津城，来到河北区天纬路天津美院宿舍王麦杆教授的家门口。"有人吗？"随着"叮咚"一阵清脆的门铃声，里面传来一个南方口音的中年女士的回应："谁呀？门没锁，请进！"话音未落，门就打开了，一位气质端庄高雅的中年妇人映入眼帘。"你好啊，还是这么漂亮！""你也是，还这么年轻！"姐儿俩寒暄过后，坂本阿姨转身给亚杰介绍道："这位是王教授夫人董闻生女士，你就称她董姑姑吧！"

"您好，董姑姑，我是程亚杰。"

"你好，请进吧！"

　　穿过挂满书画作品的走廊，进入一间宽阔的画室，一位身材健硕、双目炯炯有神的中年男子，从一个长长的条案前起立，一边放下手中的毛笔，一边摘下嵌有厚厚镜片的眼镜："哈哈，欢迎，欢迎啊，你就是坂本阿姨说的那个小画家吧！我是王麦杆啊！"王教授中气十足，声如洪钟，一瞬间就将亚杰"震"住了。更令他震撼的是画室中星罗棋布的艺术品，使这个初来乍到的小朋友目不暇接。"来，我给你介绍介绍，"王教授笑容可掬，说起他的作品如数家珍，"墙上这幅国画《富士山之舍》是我访问日本时画的，你坂本阿姨特别喜欢，我也喜欢，一直没舍得送她，是吧？"他诙谐地朝坂本挤挤眼，爽朗地笑了一下。"这幅油画《阳朔古榕》，是我带学生去桂林写生时画的。喏，还有茶几、书橱上的木雕、根雕、石板、挂盘，都是我的作品！"我的天啊，程亚杰只觉得眼花缭乱，原来大师是如此多才多艺，如此不可思议，够我学一辈子的！后来接触多了，程亚杰才知老师革命资历之深，原来，早在抗日时期，他就担任新四军的美术教员，并用手中的木刻刀创作出许多富有战斗力的版画作品。程亚杰印象最深的是《鲁迅的一生》，画面

王麦杆早期的版画作品

作画中的王麦杆

上鲁迅大义凛然，用手中的笔刺向一个官僚买办模样的人，从人物造型到木刻技法都堪称娴熟老到。新中国成立后，老师除了教书育人外，创作活力更加旺盛，不仅画国画，也画水彩、油画，画法亦更加自由、豪放。

从此，程亚杰心宽了，胆壮了，渐渐地敢在学校美术组"亮剑"了。学长们看到了他的进步，却不知他背后有高人指点。

时光荏苒，转眼到了初三，学长们开始讨论毕业后的去向问题，是读高中，还是报考天津工艺美校？在天津有两所美术类院校，一所是偏重绘画的天津美术学院，一所是偏重实用美术的天津工艺美校，前者是本科，后者是中专；前者在天纬路，后者在地纬路，可谓天造地设的一对，举世罕见的一双。但工艺美校也并不好考：就拿眼前这些人来说，个个比他实力雄厚，不在一个起跑线上，如果大家都去报考，落马的恐怕非他莫属了。当他将自己的忧虑透露给老师后，王麦秆沉吟片刻道："是这样，小程，学画没有捷径，考学却有。虽然你学画年头不少，画得也不错，但要真正把画画好，必须全面发展。你看看我这里，国画、油画、版画、雕刻、陶瓷，甚至树根造型，样样都有，丰富多彩，就很能说明问题。记住，考学不是当大师，不需要你有过人的强项，而是看你的综合素质。"

"可是，您倾注半生心血和精力达到的境界，我怎么可能学到手呢？"亚杰面露难色。

"你当然不可能一下掌握这么多技艺，但考试的科目，却一个也不能马虎。如果你不怕吃苦，我可以给你制订一个严格的考学计划。"

"太好了，我不怕吃苦！"

于是，亚杰严格按照老师的要求，废寝忘食地投入到考前训练中：素描、速写、水彩、创作，突破一个个难关，攻克一个个堡垒，没有一项"拔尖"，却项项都能达标，进步日新月异。这下，他尝到了"魔鬼训练"的甜头。

考试那天，光是平山道中学美术组，就去了四五位。待考时，个个心神不定，忐忑不安，亚杰亦不知魂归何处：虽然是"现上轿现扎耳朵眼儿"，最后的"魔鬼训练"颇见成效，但与学长相比，并无领先优势。但既已上轿，只好听天由命了。

第三章　上帝为他打开一扇窗

　　考试成绩揭晓了，让所有人大跌眼镜的是：平山道中学考生中，唯一不被看好的程亚杰，却成为唯一的上榜者，这在学校美术组炸了营，连亚杰自己都觉得不可思议。为什么？为什么？意外的惊喜夹杂着某种不安与负疚。是临考前的"魔鬼训练"令他画艺大增，还是教授的"均衡发展"令他把握了成功的秘籍？无论是何原因，亚杰都从中悟出一个道理：一个人的成功不仅需要勤奋，也是需要技巧的，就像一个人走路，一定是用两条腿走动作才会协调，才会走得稳、走得远；反之，一条腿的能力再强，也是蹩脚的、跌跌撞撞的。

　　但生活总是喜欢与人开玩笑。正当亚杰沉浸于美梦成真的愉悦中时，一纸天津电视台的录取通知书，像一片远方飞来的乌云，遮住了天空中那轮皎洁的月亮。原来，亚杰自幼便向在天津电视台当摄影记者

在天津工艺美校求学期间的程亚杰

的父亲学习摄影和暗房冲洗技术，并于画画之余，拍了一些艺术摄影作品。这一年，天津电视台招聘摄影记者，希望子承父业的父亲便鼓励儿子报名。亚杰心想，我的主要兴趣和特长是绘画，摄影只是偶尔为之，与专业水平相距甚远，为了给父亲一点儿面子，违心地报了名。不料"无心插柳柳成荫"，一下将亚杰置于左右为难的尴尬境地。父亲用毋庸置疑的口吻说："学画画有什么出息？马上去电视台报到！"儿子却欲哭无泪。画画，在他心中的位置无可替代。这是他孩提时代的一个梦。经过多年的努力与期盼，即将跨入绘画艺术之门，难道就这样化为泡影了吗？他的内心激烈地抗争着，甚至以绝食相威胁。时间一天天过去了，眼看工艺美校新生注册的最后时限到了，父亲却毫无松动的迹象。

"上帝在关上一扇门的同时，会为你打开一扇窗。"就在亚杰濒临绝望之时，父亲忽然接到电视台通知，到外地出差一个星期。

真是天助我也！

"趁你父亲出差，赶快去工艺美校办理入学手续吧！"还是母亲向着儿子。

"这样行吗，我爸回来还不把我打个半死？再说，新生注册已经过期了……"

"现在顾不了这么多了，你爸那边我会应付的。至于说注册过期的事，你知道咱们邻居徐冠华阿姨吗？她妹妹就在工艺美校工作，我让她帮忙跟学校解释一下，也许还有一线希望。"

"哎呀，您还有这层关系，您怎么不早告诉我呢，这些日子弄得我失魂落魄的！"

就这样，在徐阿姨的妹妹徐冠玲的协助下，亚杰顺利完成了注册手续，而徐冠玲也成了他的又一位"贵人"。

亚杰去工艺美校报到时，已经比规定期限晚了一周，新生们全部被拉到蓟县山区劳动锻炼去了。他不敢懈怠，转天便搭上长途汽车，与"大部队"会合了。由于远离父母，父亲出差回来后，母亲是如何与父亲周旋的，他们之间是否发生了"战争"，程亚杰全然不知，但此后很长一段时间，父亲对此事都耿耿于怀，父子之间的关系几乎降到了冰点。

在蓟县，程亚杰虽"姗姗来迟"，却很快与大家打成一片，说来好笑，不是凭借别的本事，而是他竟然会变"戏法儿"！

原来，早在平山道中学读书时，有一次他患感冒吃错了药，得了过敏性肾炎，脚底起了很多红斑，医生说你不能活动了，必须在家休息。程亚杰闲极无聊，又适逢夏日，母亲便安排他到东北避暑。因程亚杰经常扁桃腺发炎，母亲便让在绥化人民医院工作的四姨为他割了扁桃腺，手术后到哈尔滨二姑家休养。二姑的二儿子是哈尔滨杂技团演员，家里放着很多杂技和魔术道具，他觉得新鲜有趣，从此只要二哥一回家，他便缠着二哥教自己变魔术，渐渐练就了一身"绝技"。这样，每当大家在田间地头休息时，都想让他露一手："亚杰，来一个！"亚杰也不推辞，一会儿来个杂耍"顶草帽"，一会儿掏出一副扑克牌，玩起手彩：他动作麻利，你还没看清个中奥妙时，"创造奇迹的时刻"就到了，直看得大家眼花缭乱，如堕五里雾中。很快，他便成为同学们的"开心果"。后来，同学中有个叫孙明华的，父亲亦为杂技高手，亚杰又拜师求教，甚至一度萌生了报考杂技团做一个受人尊敬的魔术师的念头。

天津工艺美校是一座培养中等工艺美术设计人才的学校，是一个颇有"风水"的地方。20 世纪 60 年代建校时，它是一个只有两幢木结构青砖旧楼、一个操场、一个小礼堂和几排平房的院落，却卧虎藏龙，荟萃了京津两地一批优秀的师资力量："天津画家八老"中的赵松涛、穆仲芹，李可染高足赵树松，画家阮克敏，知名作家航鹰、谷应、余小惠等，均在此任教或毕业于此。而其多年来培养的一届届学生中，许多已成为美术界和设计界的翘楚。到亚杰入学时，学校已新盖了一座教学

赵松涛的山水画

穆仲芹的花鸟画

楼、两座学生宿舍楼，办学条件大为改观。工艺美校主要有四个专业：商业美术、日用工业品、染织和室内装饰设计。其中最"抢手"的是商业美术，因为商品包装装潢、广告、招贴设计不仅是新时期经济发展的需要，而且与绘画比较接近，这是多数学生所渴求的。亚杰便是如此。虽然他有幸进入了商业美术班，班主任蔡祥生，专业课老师孙敬忠、吕建成皆为青年才俊，他却不满足于用直尺、圆规、鸭嘴笔勾画墨线，然后在墨线构成的图案中敷上颜色的设计流程，而乐于将更多时间和兴趣投入到绘画基本功的训练上。每天傍晚时分，程亚杰便与郭春宁、李春明、李琦、刘克勤等同窗好友相约，跨上自行车，骑行约50分钟，穿过海河、东马路、鞍山道、八里台，直抵富有乡野气息的天津水上公园后门的白杨林写生。

　　太阳即将下山，西方的天空被染成一片锦缎般灿烂的暖色调，远眺园区，可见古典式亭台楼阁，在暮霭中若隐若现。晚归的鸟儿们欢快地啼啭着，栖息于白杨树树冠上一个个鸟巢中。只有偶尔传来的汽车喇叭声，才会使人想起自己正身处城市的边缘地带。亚杰与画伴们分别选好各自的角度，支好画架，先用铅笔打好草稿，然后将油画或水粉颜料挤在调色板上，开始用色彩的语言，诉说着对大自然的切身感受。他们笔下的白杨林既是对自然的忠实再现，又被赋予一种超乎自然的气象，不禁使人想起俄罗斯绘画以及印象派的某些技巧、风格与色调。对每个初学绘画的人来说，寻找绘画语言的参照物，或者说对西方绘画的借鉴，是一个必经的过程。而对他们影响最大的是苏式油画。亚杰第一次从学校图书室看到列维坦、希施金的风景画时，便被深深震撼了：他最喜欢列维坦的《秋》，俄罗斯秋天的原野、树木、溪流、落叶，浑然一体，笔触洒脱而概括，色调统一而辉煌，宛若一首优美的交响诗，令人赏心悦目。相对而言，希施金的大森林虽然壮阔却过于细腻，模仿不好会显得有些匠气。所以在写生中，他更愿追寻列维坦的画风。这群喜欢玩色彩写生的年轻人，与其他专业的马惠武、孟中华、李勇奇、孙建平等，迅速形成一个团体，他们一起画水上公园、五大道、小白楼和法国教堂，因多住河西区，画风也比较接近，遂被人称为"河西画派"。

在工艺美校学习期间，亚杰的家从尖山搬到佟楼德才里。在德才里，他结识了邻居赵大民的公子赵放。赵放与他年龄相仿，又都很爱玩，两人很快成为"莫逆"。无事时，程亚杰经常会在赵家混上几个时辰。且说这赵大民，乃天津人民艺术剧院知名剧作家、导演、副院长，代表作有《把一切献给党》《钗头凤》《茂陵封侯》等。其中《钗头凤》久演不衰，成为天津人艺的重点保留剧目。赵大民的女儿赵玫，则继承了父亲的遗传基因，在南开大学中文系读书时便开始发表小说，而真正奠定其在文学界地位的是她的"唐代公主系列小说"：《武则天》《高阳公主》和《上官婉儿》。

有一天，亚杰又来到赵家，与赵放一起欣赏邓丽君的歌曲，边听边跟着哼唱。一曲方毕，正倚在沙发上看书的赵母李玉文阿姨问亚杰："亚杰，工艺美校毕业了，还打算继续考大学吗？""我当然想考，但听说天津美院特别难考，因为现在学画的孩子特别多，而且是全国招生，要百里挑一呢！所以，我想过一两年，把画练好了再说。"这时，赵放忍不住接过话题："亚杰，你看天津人艺怎么样？听说他们的舞美队正在招人，舞美队长石路就住我家对门，如果你愿意的话，我就帮你联系联系！"

　　一个人的运气来了，真的是不可阻挡。谁会料到，搬一次家，竟将自己抛入一个名人窝子呢？演艺圈就是个小社会。如果他从工艺美校毕业，直接就考入大学的话，那么，他就没有机会进入天津人艺，在这里打磨、淬火，成为一块可塑之材，在日后的艺术创作中驾轻就熟，游刃有余了。

第四章　舞台背后的"魔术师"

　　河西区平山道43号，嗯，这条街道我太熟了。亚杰怀着一颗忐忑不安的心，来天津人艺报到。四年前，他刚从这里——平山道中学毕业，现在又鬼使神差地回来了。看来生活并非一条直线，有时会绕个弯子，又回到原点。但地理的原点不等于生命的原点，他相信并期待着在人艺这个小社会里，可以学到在学校里学不到的东西，从而让自己尽快地成熟起来。

　　从外观上看，天津人艺没有他想象中那么气派，走进剧院大门，映入眼帘的便是一个再普通不过的大院，院里有一幢红砖楼房，几排小平房，以及一个排练厅。在一排小平房前，亚杰找到了舞美队队长办公室。"请问石队长在吗？""噢，程亚杰呀，来，快进来！"两人寒暄了几句，石路道："这样吧，你第一天来，先跟我到处转转，熟悉一下情况，然后去见左杰老师，他是你们学员队

1981年，程亚杰于天津美术学院

的头儿！""好的，石队长，我跟您走！"

"我先跟你说说我们剧院的历史吧！"石路像个随和可亲的大叔，将胳膊搭在亚杰肩上，"天津人艺的前身，是1938年创建的华北群众剧社，当年配合抗战，排练了很多话剧、活报剧，在太行山、滹沱河一带演出，鼓舞了根据地人民的革命斗志。1951年，在华北群众剧社的基础上成立了天津话剧团，就是现在的天津人艺。可以说，历史悠久、底蕴深厚、人才济济。举个例子吧，我们剧院的院名，是郭沫若先生题写的，戏剧大师老舍、曹禺、焦菊隐等，都曾到剧院观摩指导。30多年来，剧院创作演出了古今中外大小剧目200来部，像《雷雨》《日出》《蔡文姬》《骆驼祥子》《一仆二主》《钗头凤》等，你都听说过吧！"

"听说过，"亚杰频频点头回答，"只是没想到还有这么多大师来过……"

"我们的演员队伍也很厉害呀，不客气地说，天津人艺就是个艺术家的摇篮！一会儿我带你去见的左杰，就是我们剧院台柱子颜美怡的先生！"

啊！颜美怡、左杰、马超、张金元、马海燕、李启厚……这在天津都是家喻户晓的人物啊！亚杰霎时兴奋起来，恨不得马上就领略一下这些艺术家的风采。

"那我现在就带你去见左杰！"

"太好了！"

出现在亚杰面前的左杰，生得英俊潇洒，仪表堂堂，一开口，嗓音与电台播音员无异："你好，欢迎你来舞美队工作！"

哇，真是郎才女貌啊！亚杰在想象中将他与颜美怡摆在一起。似乎也不准确——应当叫"才貌双全""珠联璧合"才对。亚杰后来才听说，左杰因"反右"中被错划成"右派"，不能当演员了，便被"下放"到舞美队，负责学员队的培训。亚杰的工作是协助左杰打理学员队的日常杂务。利用这个机会，他耳濡目染，向舞美队的老师们学习如何做人如何从艺，获益匪浅。

早在工艺美校学习时，亚杰就对天津人艺舞美师高喆民十分崇拜。因为报纸上经常刊登他的宣传画，画的多是高大帅气的工农兵英雄人物。所以，他想象画家本人也差不多是这个样子。但当见到本尊时，却令他大失所望：高老师不但个子不高，而且鬓发稀疏，貌不惊人，与他笔下的人物反差极大。更不可思议的是：他还是个色盲！色盲怎么能分辨色彩、从事美术工作呢？他实在想不明白。直到他亲眼目睹了高老师的绘景过程，才佩服得五体投地。只见他，脚踩画布，一笔一退，步步为营，无论残墙断壁还是参天大树，无不在他的画笔下一一呈现，有空间，有透视，有质感，有色彩，布上灯光，远远望去，立刻使人产生身临其境的感觉！"绝了，高老师就是绘画之神啊！"他情不自禁地欢呼道。就在亚杰为高老师的艺术成就叹为观止之际，又一位大师闯入他的视野——来自上海戏剧学院的朱彰老师。与不擅言谈的高老师相比，朱老师令他想起自己的启蒙老师步万方：优雅的气质、温柔的性格、说起话来慢条斯理。难道上海人都是这个款式吗？朱老师的设计观念似乎更超前，艺术处理更简约时尚。

在这些高品质的舞美大师的熏陶和影响下，亚杰不仅了解了舞台美术从设计、绘景，到声、光、电、服、化、道的创作流程，更悟出了深藏于舞台背后的奥妙。这有些像他所喜欢的魔术艺术。舞美师就是魔术师，将真实或写意的生活场景"变"到舞台上，观众看到的只是"变"的结果，却不知"变"的手法与秘密。首先，舞台美术有着天然的局限性，需要舞美师"在限制中表现"（歌德），利用一切必要的艺术手段，如夸张、变形、隐喻、象征等，营造特定的舞台氛围，其中最重要的元素是灯光效果的渲染。尽管舞台布景是在平面景片上绘制而成的，但在不同角度灯光的照射下，会呈现不同的时空效果。这给亚杰日后的绘画创作以很大启发，使之对光、色之间如何产生"化学反应"有了实践经验，大大提高了对绘画中光线与色彩关系的把控能力。其次，在舞台上，演员主要不是凭借面部表情而是肢体动作来表现人物的喜怒哀乐，加上舞台美术特别是灯光所营造的环境氛围，就能推动戏剧情节的发展。这也使亚杰在日后的绘画创作中，更注重人物肢体语言的刻画，更强调整体的画面感。舞台美术虽然不同于绘画，却有着触类旁通之处和异曲同工之妙。天津人艺给予亚杰的，不仅是绘制大幅画作的能力，同时也令他从舞台剧中，领悟了艺术创作的某些普遍的规律性的东西。特别是人物形象的设定和艺术场景的烘托，都使他提早进入创作的成熟期，为他日后在天津美院学习阶段便能创作出全国获奖作品，打下了坚实的基础。

　　与电影一样，戏剧是一种综合艺术，编、导、演、服、化、道，一个也不能少。舞台美术作为其中一个重要环节，要为剧情发展和演员的表演提供特定的环境背景。这就要求舞美师在设计之前，对戏剧的主题、人物和情节有一个宏观的理解和把握。为达到这一目的，亚杰在天津人艺工作期间，参与了《钗头凤》《唐人街的传说》《屈原》等剧的舞美设计，以及导演说戏、走场的全过程。在这里，他不是一名普通观众，而是一个有心的"偷艺者"。如果你是一名观众，很多情节可能事后就淡忘了，但排戏不同，排戏是一个反复打磨的过程，每个角色的年龄、性格、背景、人物关系甚至台词，他都能背得滚瓜烂熟——有时比演员还熟，这对脑子非常灵光的亚杰来说，一点儿也不奇怪。那是排练《钗头凤》时发生的一段趣事。《钗头凤》是天津人艺原创重点保留剧目，首演于1957年，由赵大民编导，马超、颜美怡主演，讲述了南宋爱国诗人陆游与唐婉一段缠绵悱恻荡气回肠的爱情故事。该剧于1957年、1962年、1979年三次公演，均引起广泛的社会反响。亚杰赶上的是第三次公演。排练中，饰演陆游和唐婉的是剧院学员队的两位新秀：陈道明和张玉玉。《钗头凤》讲述了陆游和唐婉本是一对恩爱夫妻，因陆母从中作梗，被迫分手，十年后，二人在沈园邂逅，感伤不已，分别在园壁题词抒怀的故事。

　　不知是现场紧张还是台词不熟，演员在排练中忽然忘词，正尴尬时，只听台下传来朗朗诵读声："红酥手，黄滕酒，满城春色宫墙柳……春如旧，人空瘦，泪痕红浥鲛绡透……"大家循声而去，见说话的竟是舞美队的程亚杰，不禁哄堂大笑，这笑声中既有意外又有赞赏。其实，亚杰早与学员队的陈道明、李强、张欣、刘景范、王继世等打得火热，因为他们都是剧院篮球队的"主力"，没事便在剧院的篮球场上厮杀拼搏，不亦乐乎。

排练过后，陈道明走下舞台，拍拍亚杰肩膀说："行啊，背得比我们都熟！"

"哪里，天天看，自然就记住了！"

"今晚没事吧，跟我走吧！"

"去哪儿？"

"到了你就知道了！"

陈道明把亚杰带到了天津人艺知名女导演丁小平家，丁导的丈夫，便是天津人艺院长方沉。丁小平很喜欢亚杰的聪明伶俐和敬业精神，今天让陈道明请他过来，是想给他介绍一个对象，这个对象不是别人，就是陈道明的女友杜宪的妹妹。众所周知，陈、杜美满姻缘的牵线人，便是方沉。而此时的亚杰，在感情上还是个青涩的生手，甚至从未考虑过自己的终身大事。在他看来，男儿安身立命的根本是事业，事业尚未成功，焉能顾上儿女情长？那一次，他差点成了陈道明的"一肩挑"。

程亚杰爱上了舞台美术。在人艺做了三年舞美和服装设计后，他想到了深造。戏剧艺术的最高学府是中央戏剧学院，所以他跃跃欲试。但遭到舞美队长石路的阻拦（他也是爱才，不想轻易放人）。他将此事告诉了王麦杆。王麦杆说："考什么中戏，我也不同意！要考就考天津美院！我就在这儿，你不考这儿考哪儿？""可是，您在版画系呀，我想报考油画系。"亚杰说。"没关系，你就考油画系，这段时间你就到我家来，吃住都在我这儿！"就这样，程亚杰报考了天津美院油画系。

经过天津人艺三个寒暑的磨砺，亚杰对这次报考信心满满。但在等候录取通知书的日子里，他却是战战兢兢，如履薄

天津美术学院课堂写生　41cm×35cm　1983年

心心相印　15cm×19cm　1985年　天津美术学院

冰。因为在舞美队长石路那里，他已有"前科"，万一录取通知书寄到剧院，被石路扣下，我将如之奈何？那几日，他焦虑的目光天天锁定人艺收发室，只要骑自行车的邮差一到，他便抢在收发室李大爷之前，将桌上一摞信件翻腾一遍，寻找天津美院的录取通知书。终于有一天，他在一堆信件中，一眼瞥见一个信封上印有"天津美术学院"几个红字，立刻紧张得心都提到了嗓子眼儿。趁李大爷不备，他如获至宝般将信件塞进裤子口袋，一路飞奔到三楼宿舍，掏出信件，攥在手里却不敢打开。道理很简单：这是寄给单位的信函，如果我真被录取了，必须舞美队长同意，院里批准才能生效。况且，私拆公信，这可是犯法呀！可是，开弓没有回头箭，我总不能把信再退回收发室吧？就这样嘀咕着，纠结着，直到太阳下山，宿舍的光线完全暗淡下来。这时，他仿佛决心已定，用微微颤抖的双手，轻轻撕开封口的一角，然后一点点往前撕，确保封口的完整性，又小心翼翼从信封中抽出信瓤，打开，却不敢直视，视线移开，又回来，心跳得越发剧烈。最后，他终于鼓起勇气看了一眼，一瞬间便热泪盈眶——是录取通知书！压在他胸口的一块石头终于落地了，宿舍里也亮堂了起来，奇怪的是，当时他并未开灯啊！管它呢，他想，也许是一种"前途光明"的预兆吧！接下来的问题就是，要不要将拆开的信重新封好，送回收发室？他试了试，似乎很难恢复原样了。既然这样，我干脆来个先斩后奏、瞒天过海，先到美院报到再说！

后面发生的事不说你也猜得到，石路闻讯火冒三丈，但生米已经煮成熟饭，只得由他去了。

第五章　潜意识中开出一朵"银花"

　　现在，亚杰又回到了海河北岸，这个中国近代史上留下诸多名人足迹的地方，只不过，从工艺美校所在的地纬路，"跃升"至天津美院所在的天纬路。这一"地"一"天"，确实也是他人生的一次飞跃啊！

　　早在工艺美校学习时，亚杰便对这所前身为北洋女子师范学堂、邓颖超、郭隆真、刘清扬等革命家曾在此读书的全国八大美校之一，怀着一种无比憧憬的心情。天津美院的主楼，是一幢圆顶的欧式建筑，虽经重新修葺粉刷，依稀可见20世纪初叶的历史风貌。天津美院师资力量最强的是国画系，"津门八老"中的花鸟画家、美术教育家孙其峰，书画家王颂余、萧朗，宫廷派画家爱新觉罗·溥佐，孙其峰得意弟子霍春阳、王书平，工笔人物画家何家英等，均是该系师生中的佼佼者，在中国画界闻名遐迩。而油画系则有苏派画家、教育家张京生、王元珍，罗马尼亚画家博巴油训班学员、画家张世范、边秉贵，以及后来与延安时期的老油画家秦征一起参加天津站大型穹顶油画《精卫填海》创作的王玉琦、吴恩海、马元、王小杰、高冬等，亦是人才辈出，实力不凡。

　　20世纪80年代，刚刚挣脱了文化专制主义桎梏的中国，

挪威·挪威　28cm×38cm　1985年　天津

正在经历一场伟大的思想解放运动。反映在美术领域，便是轰动一时的"星星画展"。1979年，一批具有"前卫"观念的年轻画家，在中国美术馆一侧的小公园里，组织了首届"星星画展"。有趣的是，作品不是在展室中展出，而是横七竖八地悬挂在公园的铁栅栏上，画面也是千奇百怪，无论油画、水墨、木雕，都与传统的题材、样式和画风大相径庭，给当年的艺术界造成极大冲击，被视为中国当代艺术史的开端。亚杰进入天津美院前，便赴京参观过1980年在中国美术馆举办的第二届"星星画展"。在这里，他领略了"星星画派"发起人黄锐、马德升、钟阿城、曲磊磊、王克平、毛栗子等人的作品及其创作

春光　120cm×160cm　1984年　天津美术学院

数不尽的黄沙粒　110cm×130cm　1985年　"天津青年美展"一等奖

观念。在他看来，这些"前卫"作品不过是对西方现代艺术的模仿而已，被模仿最多的是凡·高、毕加索、达利、康定斯基等。也有画家信马由缰的泼洒，是用抽象手法表现的，没啥遵循，观众也基本看不懂。"每个星星都是独立发光的，都能自己存在，为了自己存在"。这也许就是"星星画派"的"宣言"，大胆、自由、反传统，想怎么画就怎么画。有没有道理呢？听听观众是怎么说的吧！在展览现场，亚杰看到一家电视台记者正在采访观众，便凑上前去听了个仔细。

记者：请问这位朋友，这些画你看得懂吗？

观众：（笑）看不懂。

记者：那你为什么还看得津津有味呢？

观众：新鲜呗（笑），看不懂，但喜欢。总觉得跟我过去看的东西不一样。改革开放了，什么都在变，艺术在变，人的灵魂在变，欣赏口味也得变，我说得对吗？

亚杰在一旁心想，观众说得还真有道理。艺术界的一潭死水，总要有人打破嘛！但这并非他要走的路，他还处在学习阶段，必须打牢基础，攒足了资本，才能考虑"变"的问题。

在天津美院学习的四年中，亚杰的画风一直在变。因为他是美院学生，即所谓的"学院派"，从老师开始，都是受苏派油画影响至深的，人物造型准确，素描基础扎实，色彩运用娴熟；但一直画"苏派"易"僵"，千篇一律，失去自己的个性。恰在这时，西风东渐，印象派的轻松笔触和色彩运用令他兴奋，他便到大自然中画风景，捕捉光影的变化。"放松"一段后，回过头来再画人物，结构、质感、内心刻画相对就弱了；

恰在这时，"怀斯风"又吹进来了，怀斯超级写实主义画风细腻扎实，正好弥补印象派的不足。这三种画风融会贯通，使他既具备了精准的造型手段，又有了对色彩的敏感把握。这一代画家真的很幸运。

人到了一定年龄，思想就会逐渐深沉起来。终日沉浸于画室写生和创作的亚杰，忽然对心理学，尤其是弗洛伊德《梦的解析》产生了浓厚兴趣。学院组织的心理学讲座，他一次不落，认真聆听、做好笔记，听后还跑到图书馆借阅相关资料，加深认识和理解。

弗洛伊德的潜意识论，给予亚杰的绘画创作很大启发。弗洛伊德认为，人生的五个阶段中，几乎全被梦与性所左右。这是人的本性。人的最初及最终愿望，都是由所谓的"性"来推动的，都是在无法公开的情形下，采取的一种奇妙的解析手段。它是一种暗示、一种潜意识。于是，程亚杰开始在自己的创作中，运用这种潜意识，将梦中那些不可思议的支离破碎的残片重新排列组合起来，让梦中似是而非的朦胧模糊的东西逐渐清晰起来，创作出油画《银花》。正是这幅作品，若干年后感动了弗洛伊德的老乡、奥地利梦幻现实主义绘画大师沃尔夫冈·胡特。他破格录取了程亚杰，使其成为自己的高足。仿佛冥冥之中早有定数，人生的逻辑妙不可言。

《银花》的构思始于1980年，程亚杰以舞美设计的身份，随天津人艺编导到国家体委体验生活，准备创作排演反映中国女排事迹的话剧。当年，中国女排在袁伟民教练的率领下，打遍天下无敌手，让中国的三大球之一排球率先走向世界，让全

银花　120cm×180cm　1984年　天津美术学院

国人民扬眉吐气，值得通过艺术形式大书特书。在国家体委训练场，亚杰兴致勃勃地观看了郎平、孙晋芳等女排名将备战国际比赛时挥汗如雨、奋力拼搏的感人画面。他边观战边画速写，用一根根流畅而洗练的线条，记录下女排战士矫捷的身影。他将这些画面贮存于自己的脑海中，一直欲为女排姑娘传神写照。四年后，机会来了，中国将举办"奥林匹克体育美术大赛"的消息，令程亚杰像打了鸡血般兴奋异常。画什么呢？首选当然是中国女排。当他正要捡拾历史的记忆时，有朋友介绍他到天津体工大队，再次体验体育健儿的风采。在这里，女子柔道队的训练场面触发了他的创作灵感。那些柔道女将在动作优美的旋转中，飘来飘去，分不清面孔与四肢，只觉眼前一团团银白色云朵，飘浮在咖啡色的地板上，忽上忽下，忽左忽右，如梦如幻，变化莫测。回到学校，他将捕捉到的感觉和冲动迅速定格在画纸上，先勾出一幅草图，在此基础上反复琢磨、修改，才落实在画布上。画面中，他采取虚实结合的超现实主义手法，在画面中心"实"写了两个女柔道健将奋力对抗的情景；画面四周，则以"虚"写的四组女将捉对厮杀，组成一朵旋转的"银花"造型，"实"与"虚"相互呼应，相映成趣，颇富艺术感染力。《银花》不仅征服了"奥林匹克体育美展"评委的心，而且被天津体委收藏，与体育健儿们朝夕为伴。

程亚杰初期的创作中，有不少接地气的作品。1984年，为参加"第六届全国美展"，他创作了油画《细雨无声》。画面中，一位年轻的女清洁工人，正足踏一只井盖，神态轻松地依偎在一面砖墙上小憩。一身蓝色工作服，套袖，胶靴和摘下的口罩，表明她刚刚完成了一项井下清污工作，或因为劳累，或因为下雨而短暂休整，尔后又会投入到工作中去。她的工作是平凡的，又是光荣的，有如"细雨无声"般改变着公共环境，也悄悄滋润着人们的心田。参加在日本神户举办的"世界大学生画展"的《回归的鸽子》，则将视角转向农村，描写一位村姑，站在农家院一个磨盘旁，背对观者拆看一封信件的生动场景。磨盘上，一只鸽子头朝村姑张望着，仿佛在猜测村姑此刻的心情。古老的信鸽传书方式正如古往今来的爱情一样，世代延续，历久弥新。因为这幅画，程亚杰与画展组委会的美智子小姐相识，后者不久"追"到天津，他为她画了一幅鸽子相赠。

细雨无声 200cm×120cm 1982年 天津美术学院

看到程亚杰的《回归的鸽子》，她当时眼圈就红了，不知触动了哪根神经，执意要买下这幅画。女孩的心最难猜，异国情缘更无定数，亚杰并非不解风情，只是此时他已有了意中人。

　　他的意中人是大二时油画班赴蓟县写生前认识的。当时亚杰在美院学生中已出类拔萃，很自然地吸引了一些异性仰慕者。经朋友介绍，他认识了一个学画的女孩。当时，她只有18岁，聪明、漂亮而雅致，遂暗生情愫。直到二人明确关系后，女孩的母亲才告诉亚杰说："你应该感谢张世范、左建华夫妇，他们对你的评价特别高，说你是高才生，人也踏实可靠，我们才下决心接纳你的！"

1985年，日本楠本利夫先生代表"世界大学生美展"执行委员会委员长妹尾美智子于天津利顺德饭店与程亚杰协商收藏油画《回归的鸽子》事宜

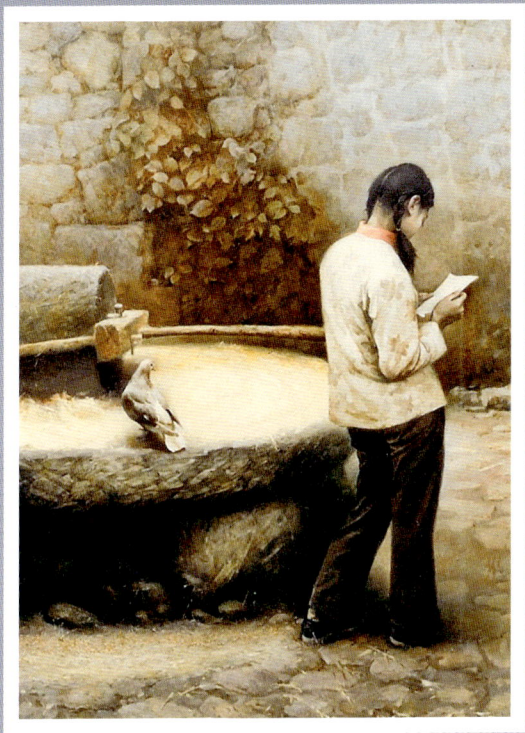

《回归的鸽子》与美智子

　　1986年，程亚杰的油画《回归的鸽子》入选在日本举行的"世界大学生美展"。作品描绘了一个农村少女在场院里凝神读信，一只信鸽正栖息在她身后的磨盘上。策展人美智子小姐不知为何被这幅"鸿雁传书"的油画感动了，当即向程亚杰表示了收藏的愿望。展览结束后，她又派人追到天津，洽谈购画事宜。但当程亚杰听说美智子小姐是神户市市长的好友，而神户与天津又刚刚结为友好城市时，便将画无偿捐赠给神户市。为感谢程亚杰的捐赠，神户市市长特邀他到日本进行了为期两个月的艺术考察活动。

程亚杰收

神户已渐渐进入深秋，六甲山的红叶也进入了非常美丽开放的季节。我相信你一定正健康努力地学习了。

在今年夏天，神户市举办了一个以"爱"为宗旨的文化交流的大事——"世界大学生绘画展"。这次大会共从37个国家选送550件作品。作为这个大会执行委员长的我，感到非常高兴和激动。因为我也是个美术爱好者，所以仔细地拜见所有作品。特别是在你的作品《回归的鸽子》面前停住脚步，很久被你的作品所迷住。在你描绘的色调中，非常美丽地表现出了鸽子和愉快读信的少女，这是一幅洋溢着温暖，动人心扉的作品。我想这幅作品对你来说也是一幅具有纪念意义的作品。通过麻烦楠本所长能把这幅作品赠送给我，我感到非常高兴，我想在不久将来这幅画将悬挂在我自己住宅的客厅里。

中国和日本，特别是天津和神户有着深厚的友谊，今后这种友谊将会永远发展下去。为了贵国的经济发展，从今以后，我想你会更加忙的。你是一个才华横溢的美术家，希望你更上一层楼，为中国的美术事业而奋斗。虽然东西非常粗陋，但是我礼貌的象征。我已告诉楠本先生了，请你一定收下。我从心中祝愿中日两国人民的友谊和你的全家健康，多福，以此代替我美好的语言。

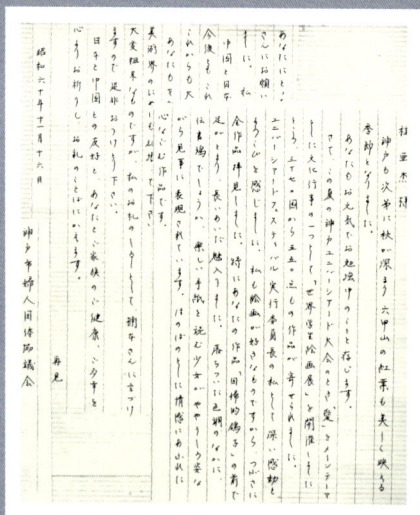

昭和六十年十一月十六日
神户夫人团体协议会
专务理事　妹尾美智子
（"世界大学生美展"执行委员会委员长）

　　春华秋实。在天津这个艺术的摇篮里，亚杰凭借自己的天赋、勤奋和机遇，凭借一种锲而不舍和不服输的精神，不但收获了事业，也收获了爱情。他童年的梦想，正一步步变成活生生的现实。

Chapter ②

第二卷　惊魂

（1990—1991　莫斯科）

我不想认识整理好头发之后才出来待客的苏联。一个国家就像女人一样，要在她们刚起床时认识她们。

——加西亚·马尔克斯

第六章 艺术之神在召唤

20世纪50年代，在世界的东方，一个有着五千年文明史、刚刚从半封建半殖民地枷锁下获得解放的新中国，与一个横跨欧亚两大洲、领土面积全球第一的超级大国苏联结成联盟，肩并肩、手挽手，开辟了一个全新的"蜜月时代"。

那时，每逢五一劳动节、国庆节，北京都会依照惯例举办盛大的游行和阅兵活动，站在天安门城楼上观礼的外宾中，基本都是苏联和其他社会主义国家领导人，例如苏共总书记赫鲁晓夫、朝鲜领导人金日成、越南领导人胡志明等。从表面上看，毛泽东与赫鲁晓夫保持着良好的个人关系，局外人不会想到在他们热情拥抱交谈的背后，隐藏着怎样的不为人知的秘密。果然，到20世纪60年代初，中苏关系陡然恶化，赫鲁晓夫撕毁协议，撤走专家，短暂的中苏"蜜月"匆匆结束了。

虽然这个时代维持时间只有十年左右，却给那一代中国人留下了深深的精神烙印：苏联文化（主要是俄罗斯文化）像一只巨大的红色章鱼，通过文学、绘画、建筑、雕塑、音乐、芭蕾等触手全面伸向中国，不仅影响着中国人的世界观和价值观，而且使当年的中国文化染上一层浓郁的"苏式"色彩。时至今日，老一代的中国人尤其是知识分子，谁不会唱两句《莫斯科郊外的晚上》《卡秋莎》和《三套车》？谁没读过高尔基的人生三部曲《童年》《在人间》《我的大学》、奥斯特洛夫斯基的《钢铁是怎样炼成的》和萧洛霍夫的《静静的顿河》？谁没欣赏过柴可夫斯基作曲的经典芭蕾舞剧《天鹅湖》？至于绘画，更是无孔不入，渗透到一些留苏画家以及参加过马克希莫夫油画训练班的油画家们的思维和血液中。印象最深的是当年在天津最繁华的商业区中，和平路新华书店店堂的高墙上悬挂的巨幅油画，便是苏联巡回展览画派代表人物列宾的《伏尔加河上的纤夫》和《查波罗什人写信给苏丹王》的摹品。而20世纪50年代新中国最早的一批革命现实主义油画作品，如董希文的《开国大典》、罗公柳的《地道战》、詹天俊的《狼牙山五壮士》等，无不是"苏式"油画"民族化"的翻版。虽说改革开放后，西风东渐，西方文化在年轻人心目中占据了重要位置，但苏俄文化的影响在经历过中苏"蜜月期"的一代人中，仍是根深蒂固的。

程亚杰的父辈便属于这一群体。

1990年春，天津百年老字号利顺德大饭店，一家中外合资羊毛衫厂中方办事处，程亚杰刚刚处理完一个订单，正悠闲地翘着二郎腿，远眺着窗外烟雨迷蒙的海河出神，一阵急促的电话铃声打断了他的思路。

"喂，你好，哪位？"

"亚杰吗？我是大伯呀！还在忙你的生意吗？"

"是呀，我的生意可火啦，太太负责时装设计，我负责销售、下订单，在利顺德设办事处，国际商场二楼有我们的柜台，我们的产品时尚、漂亮，经常会出现抢购风呢！"

［俄］列宾　伏尔加河上的纤夫

［俄］列宾　查波罗什人写信给苏丹王

"好好好，恭喜发财！可是亚杰呀，你的画画得这么好，难道就这么荒废下去了吗？"

"哪里，我当然最想画画。可是您知道，我从天津美院毕业后分配到天津第二师范教书，我对这个行当不感兴趣，觉得还不如自己下海挣点儿钱，等有了一定经济基础，再重操旧业，也为时不晚。怎么，您老有什么建议吗？"

"当然有。我今天打电话就为这事。你知道莫斯科有个苏里柯夫美术学院吗？如果你愿意，我可以帮你联系去那里留学……"

"真的吗？太好了，苏联是我学画时心中的圣地呀！"……

亚杰的父辈是老哥仨，大伯程文，父亲程文科，叔叔程文秀，三人都是地道的文化人：大伯是俄语翻译，父亲是天津电视台国际部主任，叔叔是哈尔滨电视台台长。而母亲张文茵和大伯都是哈尔滨外国语学院俄语系的高才生，与"老大哥"苏联自然有着一种天然的情感。

撂下大伯的电话，亚杰暗自窃喜，仿佛在黑暗迷茫中忽然窥见一丝强光，令他有些头晕目眩 —— 他听到了艺术之神的召唤。接下来的时间，他几乎将生意的事一股脑儿抛到九霄云外，一门心思琢磨着怎样说服家人尤其是老婆，同意自己孤身一人去独闯世界，进行他的欧洲"朝圣"之旅。

"我的缘分和机会来了！"亚杰得意地将双脚放到大班台上，开始编织他的出国梦。为啥说有缘呢？妈妈从小学习俄语，长期担任高中俄语教师，自然与俄罗斯文化有缘；大伯程文"文革"前在国家对外文委工作，后到人民文学出版社当俄语翻译，翻译过不少苏联小说，也与俄罗斯文化有缘。更令亚杰"近水楼台先得月"的是，大伯现在就旅居在莫斯科，一方面继续他的翻译生涯，一方面开了个太极拳训练馆，招收了很多金发碧眼的太极爱好者，在莫斯科有广阔的人脉关系。

与亚杰谈妥赴俄留学的事宜后，大伯当即派太极馆教练奥列加给亚杰发出访俄邀请函。剩下的事儿——到苏联驻华使馆办理签证，大伯则托付给在北京国家安全部门工作的儿子程亚云协助哥哥处理。

北京，苏联驻华使馆，一幢浅黄色的漂亮俄式建筑前，怀揣出国梦的少男少女们排起长龙，焦急地等待着使馆人员将批准通行的印章盖在自己的护照上。因为他们都知道，使馆办理签证的时间只在每个工作日的上午，如果到中午还排不上，就只能打道回府，明天再来了。如果明天还排不上呢？看到亚杰小两口一脸焦虑的模样，陪同前来的弟弟程亚云觉得自己该"出手"了。他径直走到队伍前面，用英语对使馆门口守卫的军人悄悄耳语了几句，然后指着亚杰的太太比画了几下，不知为何令守卫法外开恩，获准他俩一起进入使馆签证处。时间不长，便见两人喜滋滋出来了，手里举着盖上大印的护照。

"那个负责办理签证的外交官特别喜欢嫂子，"离开排队的长龙，程亚云大笑着告诉亚杰，"别人进去审了半天，我跟嫂子一边聊天，一边递上护照，这位会说汉语的老俄看也没看，'啪'地直接就盖上了，只顾与嫂子搭讪，还留了电话号码……"程亚杰一听，好么，整个一个美人计！

几天后，北京火车站。古典的钟楼，悠扬的钟声，熙攘的人群，嘈杂的声浪，一切都是那么熟悉，那么亲切，无数次在此进出、流连，而今却有一种异样的感觉——是离别的乡愁，抑或是对亲人的不舍？心情复杂的亚杰拖着一只大行李箱，缓缓走进北京—乌兰巴托—莫斯科国际列车候车室，跟在后面的是太太和他们不足两岁、还在牙牙学语的宝贝女儿。女儿长得很甜美，像她漂亮而文气的母亲。

相见时难别亦难。没有比一对年轻夫妇忽然远别更令人撕心裂肺的事情了。而同为美院同窗的太太比任何人都了解他，支持他到西洋绘画之乡取得真经，一展鸿鹄之志。然而山高路远，旅途艰辛，兼之语言不通，仍不免有些担心，千叮咛万嘱咐。又在灯下穿针引线，帮他将所携现金缝在内衣的不同位置上，有整票、零票，既防扒手又提取方便。还事先打听了铁路沿线以物易物时的紧俏商品，为他购买了回力球鞋、勾线台布、檀香扇等小工艺品及"绿箭"口香糖等，与各种换洗衣物一起塞进大行李箱中。临行前，妈妈还教了他几句常用俄语，如"哈勒哨"（俄语你好）、"达斯维达尼亚"（俄语再见）等。

千里相送，终有一别。北京—乌兰巴托—莫斯科Ｋ３次国际列车缓缓启动了，太太一手抱着女儿，一手摇着女儿的小手向父亲挥动着，车里车外，深情对视的眼睛渐渐被泪水模糊了。此一去，不知何日才能重回故乡，再叙衷肠。然而也是从这一刻开始，一个东方青年的充满传奇色彩的欧洲艺术朝圣之旅正式拉开了帷幕。

第七章　西伯利亚铁路惊魂

　　艺术家的灵魂是浪漫的。一次遥远的跨国旅行，对一般人来说不过就是旅行；对艺术家来说，则是一次独特的人生经历，一次不仅是自己亲身经历、可能日后还需与众人分享的精神盛宴。

　　出发前，亚杰对这次旅行是做了一点儿"功课"的。例如，西伯利亚大铁路是世界上距离最长的铁路，迄今已运行了一个多世纪。它全长9288公里，跨越8个时区，穿过俄罗斯欧亚分界线的乌拉尔山和乌拉尔河，将俄罗斯的心脏莫斯科与远东地区连成一线，被形象地称为"俄罗斯的脊柱"。想到即将开始的旅行，程亚杰眼前马上会浮现出一片广袤无垠的原野、亭亭玉立的白桦树、美丽而深邃的贝加尔湖、星罗棋布的教堂与小镇，以及战斗民族的人民——从开发远东的俄国青年，到马背上游牧的蒙古人。记得幼时，每逢初冬时节，都会从气象预报中听到"一股来自贝加尔湖的冷空气正在南下……"，令人不仅记住了这片神奇的土地，也联想起普希金诗中描写的被流放的十二月党人，而西伯利亚大铁路的行程会将这一切尽收眼底。这对一个画家来说，无疑是一次难得的回望历史和体验异国风情的大好时机。

而现实总是不如想象的那么纯净和美好。从走进K3次列车的那一刻起，他便被一种莫名的失望攫住了心灵，仿佛一下从天上掉到了地上。列车车厢像个大闷罐，由于人多，到处弥漫着呛人的烟草味、酒精味和臭球鞋味，几乎令人窒息；卧铺座位是硬板的，坐时间长了硌得屁股生疼。程亚杰打量了一下车厢里的人，真可用形形色色来比喻：男的、女的、胖的、瘦的、高的、矮的、丑的、俊的。一开口浓重的方言俚语不断暴露着其地域特征：东北的、福建的、上海的、温州的，以年轻人居多。这在芸芸众生中并不奇怪。奇怪的是，一些在他眼前不断晃动的人，眼神中流露着一种贪婪、狡诈和玩世不恭的人生态度，一路上除了大声喧哗、聊天、打牌，便是肆无忌惮地酗酒撒泼，而一些流里流气的红男绿女们则旁若无人地打情骂俏。当夜幕降临后，更加令人不堪的事情发生了。当亚杰穿过车厢狭窄的通道去厕所时，看到了令他脸红心跳的一幕：在幽暗的灯光下，一个秃头汉子正全身赤裸压在一个漂亮女孩身上，一面喘着粗气，一面满嘴污言秽语，女孩则发出一种难听的叫

贝加尔湖环湖火车

声。程亚杰立即产生了一种恶心呕吐的生理反应，他加快脚步从这对男女身边走过，生怕这淫秽的场面弄脏了他的双眼。

近年来，随着国门洞开，在年轻人中掀起了"出国热"，留学的、旅游的、移居的，几乎在世界的每个角落，都可看到中国人的身影。但显然没人教过他们出国注意事项，也没人把公民素质高低对中国国际形象的影响当回事儿。是否人们都忙着经济建设，忙着赚钱发财，而不顾礼义廉耻了呢？

算了，关我什么事儿！亚杰心想，我还是回去睡觉吧。

这一夜，他睡得很累，而且噩梦不断。他梦见自己踽踽独行在一片黑暗而荒凉的原野上，惊恐地发现远处闪烁着几片蓝色的光，像鬼火，又像狼的眼睛。他下意识地伸手到大衣口袋里摸索，似乎在找打火机。因为他听说，狼是怕火的，他想点燃一堆篝火吓走它们，也给自己壮壮胆。遗憾的是，他没找到打火机。正当他手足无措时，"咣当"一声巨响将他从梦境拉回现实。原来是列车临时停车。列车重新开动后，他又沉沉睡去。后来的梦没有先前那么惊险，仍乱七八糟光怪陆离的，让他感到心神不定。

一抹朝阳透过列车车窗投射在亚杰脸上，睡眼惺忪的他感到了一丝暖意。他慵懒地揉揉眼睛，眺望窗外，一轮红日已经升起，湛蓝的天空下炊烟袅袅，一个牧人挥动着马鞭一颠一颠地行走在空旷的原野上，一群羊儿正低头啃食着沾满露珠的青草。按照时间推算，现在应当到蒙古国了。

果然，当列车停在蒙古国一个小站时，一个他听过却从未见过的场面出现了：车窗外，一群蒙古人、俄罗斯人手里提着大包小包早早等候在月台上，车刚停稳，便急不可耐地敲起车窗玻璃，示意车里的人打开车窗。当车窗打开时，他们便将毛皮大衣、帽子、皮靴、伏特加等塞进车厢。而交换标准对中国人来说，也是十分划算。例如，一小盒"绿箭"口香糖可换一只大面包，一个人足可吃三四天；一双"回力"球鞋可换一件皮大衣；一条牛仔裤可换一顶皮帽子；一瓶二锅头可换一瓶伏特加，甚至小工艺品及水果、蔬菜都可用来交换……交易可以是以物易物，也可以用卢布结算，双方一面连说带比画地讨价还价，一面盯着计算器上数字的变化，像到了一个热火朝天的自由市场。当开车铃声响起、列车即将启动时，"自由市场"一下乱了套：因为很多交易尚未完成，急着讨钱的，回收物品的，你争我抢，面红耳赤，骂声一片。

"如果把当时的场面拍下来会很生动的，一定能得摄影大奖。"亚杰暗忖。

后来，亚杰也从看热闹的局外人变成了交易者。尤其到了苏联境内，他脑子里蹦出很多问号：作为世界上两个超级大国之一，为什么苏联在发展重工业和国防工业的同时，食品和轻工产品如此短缺和滞后？为什么有些东西在国内那么便宜，在这儿这么紧俏？为什么在国内价格昂贵的裘皮服装，在这儿这么便宜？还有，俄罗斯的少男少女那么漂亮，尤其乌克兰女孩，白皙的皮肤、蓝色的眼睛、魔鬼的身材，简直令人着迷。可是换东西时，那种渴望的、乞求的眼神，却显得一点儿也不高贵、不可人了。他试着用一小盒"绿箭"换回一个大面包，用"回力"鞋换了一件翻毛大衣，越想越合适——至少在火车里，我可以衣食无忧了。

令人深感意外的是，在这种热热闹闹的货品交易背后，一种龌龊的"人肉"交易也在列车上如火如荼地进行着。亚杰又看到了两天前在车厢里与女孩做爱的秃子。令他惊愕的是，这次秃子屁股后面竟跟着三个女孩，其中哪个是与他发生关系的，亚杰看不出来了，但这至少说明，他们之间压根儿就不是夫妻或男女朋友关系。三个女孩出落得如花似玉，风姿绰约，其中一个好像刚刚哭过，一副梨花带雨的样子，楚楚可怜。秃子走到车厢尽头，与等候在那里的一个头戴鸭舌帽、蓄着小胡子的瘦高个儿咬了一阵耳朵，便把哭泣的女孩交给瘦高个儿强行带走了。这时，亚杰才意识到：人贩子，一定是人贩子！

亚杰的邻座是一个上海人，他的讲述证实了亚杰的猜测。原来，一些在海外既无亲戚、又无学历的女孩，为了实现自己的出国梦，听信了地下黑公司的花言巧语，便盲目踏上漫漫出国路。这种地下黑公司实行"一条龙"式服务，他们在国内收了钱，一部分给带她们出国的"人蛇"，美其名曰"保护人"，一部分给在国外接应的"人蛇"。女孩上了火车，不仅要听从"保护人"的安排，还须用肉体满足他们的兽欲。"人蛇"之间可以互换女孩，让她们用身体换"保护"——因为女孩一旦被甩，就必须另寻靠山，否则，到了国外无人接应，便会流落街头，等待她们的将是极其悲惨的命运。显然，这是一个具有黑社会性质的有组织犯罪行为。

经过七天六夜的漫长旅行，K3次列车犹如一头疲惫不堪的巨兽，呼哧呼哧喘着粗气停靠在它的终点莫斯科火车站。

下车的一瞬间真是呼天抢地。从火车里走出的女孩，一个个不错眼珠地盯着接站人手中的牌子，寻找着自己的中文名字。与接站的"人蛇"一见面，女孩要预付五千至八千美金的"食宿费"，有钱的跟着"人蛇"走了，没钱的便只有一条路：靠打工或被迫卖淫维持生活。而她们的"保护者"将其送到目的地，也就脚底下抹油——溜号了。亚杰亲眼所见，有个漂亮女孩被"人蛇"接到，先是色眯眯吻上一口，继而一只咸猪手直接就伸到女孩胸衣里去了。但可怜的女孩敢反抗吗？在一个人地生疏、无依无靠、语言不通的陌生国度，一个弱女子不入乡随俗，又能怎样呢？莫斯科不相信眼泪。她们中有哭的，有笑的，也有强忍泪水不动声色的。谁知她们未来的命运如何呢？愿上帝保佑她们吧！程亚杰在心中默默祈祷着。那场面，实在令人怵目惊心，终生难忘！

第八章　初到莫斯科的日子

到莫斯科火车站迎候程亚杰的，是大伯在莫斯科开办的太极拳训练馆教练奥列加，一个有着典型斯拉夫人面孔的帅小伙儿：高鼻梁、深眼窝、蓝眼珠、黄头发，加之一米八五的大高个儿，壮硕而又文气。

"你就是程亚杰吧？我是奥列加，欢迎你来莫斯科！"出发前，大伯在国际长途中向亚杰介绍过奥列加，因此他早有心理准备。想不到这家伙除了母语外，还能讲一口流利的英语和汉语。语言不过关的亚杰一颗悬着的心立马落了地。"这下我有翻译和导游了。"他暗自庆幸着。

"谢谢，很高兴见到你！"

两人握手寒暄过后，奥列加帮亚杰拖行李箱，一起进入莫斯科地铁。虽然亚杰在国内便久闻莫斯科地铁的大名，但身处其中，仍感觉大开眼界。

天哪！这是地铁吗，分明是一座富丽堂皇的地下宫殿嘛！它的每个候车大厅都拥有独特的

1990年，程亚杰于莫斯科红场

建筑风格：精美绝伦的大理石雕像、壁画，晶莹剔透的枝形水晶吊灯、五颜六色的玻璃拼花、马赛克镶嵌等，无不彰显着俄罗斯艺术家和工匠的巧妙构思和精湛技艺。更令人惊异的是许多地铁站以国家历史和政治事件为主题而建造，例如革命广场站，雕塑的是以十月革命胜利和苏联红军反法西斯战争为主题的人物群像；还有的地铁站以俄国大文豪命名，如普希金、契诃夫、屠格涅夫、马雅可夫斯基……既展示了恢宏的历史画卷，给人精神上的陶冶，又有很高的艺术价值，使人获得审美的愉悦。就这样，每经过一个车站，亚杰都要睁大眼睛，捕捉它的每个细节和精妙之处，不时发出"啧啧"的赞叹之声，自嘲就像刘姥姥进了大观园。此情此景，让陪伴在旁的奥列加亦哑然失笑：

"兄弟，别急，好地方有的是，有空我带你转转！"

大伯与大娘的家，在距离莫斯科苏里柯夫美术学院不远的一套老式公寓里。公寓房间很大，楼层也很高，亚杰目测了一下，足有四米多高，显得十分开阔敞亮，但室内装饰比较简陋，且因年久失修，有些破旧，令他不禁想起自己儿时住过的房子。大伯担心侄儿来到这个物质相对匮乏的国度，吃不惯面包奶酪和俄式西餐，不如住在自己家里，由大娘给他烧点儿家乡菜吃着舒坦、可口。

"挺好的，大伯大娘，我来这里是留学，不是享受的。只是给你们二老添麻烦了！"

"哪里话，咱们不是一家人嘛！你先安顿下来，熟悉一下这里的环境，过几天我带你去苏里柯夫美术学院报名。"

翌日，奥列加一大早就按响了大伯家的门铃："走，咱们去红场！"

当亚杰出现在奥列加面前时，奥列加忽然觉得眼前一亮：嚯，小伙子今天跟变了个人似的：浓密的小分头梳得又平又亮，脸蛋红扑扑的像只大苹果，眼睛里充满对一个陌生世界的求知欲望；一身行头也一洗初到时的风尘，熨烫平整的浅灰色西装，佩上蓝灰色领带，显得特别精神。

"你确定不是跟我去相亲吧？"奥列加打趣道。

"差不多吧，只不过，相的不是姑娘，是国家。"亚杰的回答也很诙谐。

红场，克里姆林宫的钟楼，钟楼上的红星，还有每年一度的红场大阅兵，这些是亚杰无数次在画面中看过并且十分景仰的地方。奥列加陪着亚杰乘坐有轨电车在红场站下车，然后沿着微波荡漾的莫斯科河，从红场南面入口的斜坡拾级而上，迎面便矗立着那个童话般美丽而神秘的"洋葱头"——瓦西里·勃拉仁内大教堂。它由一个中央塔楼和八个高低错落的小塔楼构成，全部为圆顶、彩绘，以金、红、黄、绿、白为主色调的条纹螺旋式上升，给人一种梦幻般的神圣宗教感。

"你知道这座大教堂的来历吗？"奥列加见亚杰目不转睛地欣赏"洋葱头"，便想尽一下地主之谊，"它是伊凡雷帝为纪念1552年沙俄战胜喀山鞑靼军队而下令修建的。为了让这座建筑奇迹不再出现于世界其他地方，伊凡雷帝命人弄瞎了建筑师的双眼……"

亚杰影影绰绰记得听过这个故事："你是说伊凡雷帝吗？

莫斯科红场

这个人我知道，我看过列宾的油画《伊凡雷帝杀子》，他在暴怒之下用长矛刺中了自己的儿子，然后又抱起奄奄一息的他，用手捂住他额头上不断涌出的鲜血，好像在为自己的鲁莽行为而懊悔。那双惊恐万状的眼睛我一辈子都忘不了！"

"哦，就是他，俄国历史上有名的暴君，却留下'洋葱头'这座建筑奇葩，正如你们中国的秦始皇建造了万里长城一样。"

"是啊，有时暴力与美是相克相生的，真令人难以置信！"

两人兴致勃勃边看边聊，不知不觉已踱步到红场中央。红场用赭红色石块铺就，由于每天被路人踩踏，已变得油光锃亮，走在上面还有些硌脚。亚杰不禁钦佩起每年以著名的"鹅步"在这里接受检阅的士兵们，那是世界上最壮观也最帅气的军事表演，每次都看得他热血沸腾，心生向往。而红场无论面积还是路面的平坦程度，都无法与天安门广场相媲美。但有一点是我们无法比拟的，那就是红场基本上保留了其历史原貌，是一座硕大无朋的没有屋顶的历史博物馆。至于为什么称"红场"，奥列加告诉他说，在俄语中，"红色"同时含有"美丽"的意思，可以理解为"美丽的广场"。

其实，最美丽的不是广场，而是屹立于整个广场一端的那座雄伟巍峨的古老建筑 —— 克里姆林宫。

"这是世界最美的建筑之一。"奥列加自豪地瞥了一眼亚杰，看到对方点头表示赞同，继续说道："它是俄罗斯最负盛名的历史丰碑，初建于12世纪中叶，直到15世纪莫斯科大公伊凡三世时才初具规模。16世纪成为沙皇的宫殿城堡。它有五座城门，多座塔楼和箭楼分布在三角形的宫墙边，其中最高的是

红场上的瓦西里·勃拉仁内大教堂

大伊凡钟楼，高81米，钟楼顶上有一颗红色五角星。现在是我们的最高苏维埃和总统办公的地方。"

在红场西侧，克里姆林宫宫墙中央，便是亚杰多次在电视转播中看到的列宁墓了。列宁墓用大理石和花岗岩砌成，由呈阶梯状的三个立方体构成，墓顶的检阅台便是苏联领导人举行庆典和阅兵式的地方。在列宁墓和宫墙之间，安放着苏联历代领导人的墓碑，以及二战英雄朱可夫元帅、列宁的妻子克鲁普斯卡娅、作家高尔基和苏联首位宇航员加加林等人的骨灰。

在点燃着长明火的无名烈士纪念碑前，亚杰请奥列加为他拍照留念。

"为什么要在这里拍照呢？"奥列加有些不解地问。

"听说苏联的年轻人结婚时，都要到烈士纪念碑前凭吊、献花，为的是缅怀先烈，今天的幸福生活正是用无数先烈的鲜血和生命换来的。正如列宁同志说的：忘记过去，就意味着背叛！"

"是的，特别是卫国战争中，苏联人民付出了巨大代价，两千多万人为国捐躯，几乎每个家庭都有成员牺牲。他们决不会允许历史的悲剧重演。"

徜徉其间，亚杰体验到一种前所未有的庄严感。是的，这里是世界上第一个社会主义国家的心脏，是由十五个加盟共和国组成的强大联盟的首都，也是毛泽东、周恩来等中国领导人朝拜过的世界革命圣地。虽然斗转星移，历尽沧桑，但经历过中苏"蜜月期"的那一代人，任凭风云变幻，始终未能泯灭的，是一种苏联情结；它或许无关政治，无关意识形态，更多地体现为一种精神和文化上的认同感。这也是亚杰远赴莫斯科求学的原因之一。

初到莫斯科，亚杰最大的兴趣就是看画。自幼他便对俄罗斯油画顶礼膜拜。列宾的《伏尔加河上的纤夫》、苏里柯夫的《近卫军临刑的早晨》，以及列维坦、希施金和谢洛夫的风景画，都曾令他心摹手追，意醉神迷。他最初的油画创作，亦明显受到俄罗斯油画的影响。但这些大师的作品都是在画册上或某些公共场所的复制品中看到的。既然亲临大师们的故乡，他最渴望的就是到各大博物馆、美术馆和画廊去欣赏他们的油画原作，以窥探其"庐山真面目"。

自然，奥列加是他最好的"向导"。

"有个俄罗斯画家叫列宾，列宾有个学生叫谢洛夫，你知道吗？"奥列加问亚杰。

"当然知道。"

"他比老师画得还好。"

"对，这个我也知道。"

"那好，我带你去看他的风景画大展吧！"

"太好了！"

在莫斯科看画展，亚杰觉得最有意思的是观众们的穿戴。在国内看画展时，什么人都有，穿什么的都有，在这儿不同：观众就像欣赏歌剧一样欣赏画作，一个个西装革履，聚精会神；展厅里十分安静，没有人大声喧哗，也没有人到处乱窜。亚杰见状不由一惊：原来外国艺术家的地位这么高，俄罗斯人的文明程度这么高——人们的精神面貌与他们所处的环境，包括建筑、音乐、绘画、雕塑等都是协调和匹配的！

一进展厅，展览前言和画家介绍是俄文，亚杰看不懂，所以目光直接锁定第一幅作品。这一看，便如磁石般将他吸引住了。这幅画他在画册中看过，但原作比印刷品强百倍！在印刷品中，你看不出油画的笔触、肌理和色彩的微妙变化。而在原作中，谢洛夫那精巧的构图、娴熟的写实技巧、微妙的色彩变化，以及从每个细节中洋溢着的大师的灵感与激情，一览无余地呈现在你眼前，那么"不真实"，那么不可思议，令人仿佛置身于梦里。亚杰看着看着，只觉眼前一片模糊，不知何时，一串泪水夺眶而出，与画中意境融合在一起……

"喂，哥们儿，什么事让你伤心啦？"奥列加在展厅里转了一圈，返回寻找亚杰，发现他还怔怔地呆立在画前，不禁有些纳闷儿。见他眼眶湿湿的，便用手抚摸了几下他的后背以示安慰。

"不是伤心，是有点儿激动。"亚杰解释说。

"走走走，后边还有更好的呢！"奥列加边说边拉他的胳膊。

后面的画确实很好，但第一印象太重要了。亚杰心想，这幅画尺幅不大，画面也不复杂，如此着迷的原因或许是与自己的创作体验有关，亦或许是找到了共同的绘画语言吧。在国内画画时，几种颜色调来调去，抹在画布上脏兮兮的，只好一遍遍调整、覆盖，弄不好越画越脏。画家本人亦是如此，好像不修边幅、胡子拉碴、弄一身颜色才叫大师。而现在他所看到的一切将彻底颠覆以往的艺术观念。其中最重要的观念是：画家要有绘画修养，绘画修养高了，人品才会相应提高。他感觉自己的境界一下就变高了！

［俄］列宾 伊凡雷帝杀子

［俄］谢洛夫 树荫下的池塘

第九章　与苏里柯夫亲密接触

　　意犹未尽地从谢洛夫画展展厅走出，已是黄昏时分，冷风习习，只穿一身西装的亚杰不禁打了个寒战。然而，他的心中却像奔涌着一团烈火，急不可耐地问奥列加："哥们儿，明天该去苏里柯夫美术学院了吧？"

　　"当然可以，你不就是冲着它来的吗？"

　　"还是你了解我，就这么说定了！"

　　在俄罗斯画家中，亚杰最崇拜的是巡回展览画派代表人物列宾和苏里柯夫。可以说，这对画坛双星代表了19世纪末20世纪初俄罗斯绘画的最高成就。当年在天津美院油画系学习时，亚杰就对"苏派"油画情有独钟。他的老师张京生、王元珍等，也几乎无一例外地深受苏联油画的影响。他不仅熟悉苏里柯夫表现彼得大帝时代生活的著名油画《近卫军临刑的早晨》《女贵族莫洛卓娃》和《缅希柯夫在别留佐夫镇》，而且饶有兴致地看过描写画家生平的苏联电影《画家苏里柯夫》。苏里柯夫的作品大多取材于真实的事件，注重表现人民在历史进程中的作用。在艺术上，他擅长表现气势宏大的历史场面，细腻刻画性格复杂的人物，画风十分严谨。据说，为了创作《女贵族莫洛卓娃》，苏里柯夫曾不惜到街头去寻找合适的模特儿。近乎

［俄］苏里柯夫　近卫军临刑的早晨

［俄］苏里柯夫　女贵族莫洛卓娃

疯癫的女贵族坐在雪橇上呼天抢地，围观穷人和乞丐无奈的祈祷，和那个随雪橇奔跑的孩子，构成一幅生动而冷峻的社会生活画面。而亚杰更喜欢的是《近卫军临刑的早晨》。那些即将受刑的近卫军们有的正与家属诀别，有的正与自己的政敌怒目而视，而画面远处骑在马上的彼得大帝，则表现出一种凛然不可侵犯的威严与霸气。整个画面从构图布局到人物塑造，无不表现出画家驾驭重大历史题材和再现宏大历史场面的超强能力与精湛技巧。

现在，他就要到以苏里柯夫命名的美术学院求学了，一想到梦想将成现实，他的心就怦怦跳个不停。

苏里柯夫美术学院位于莫斯科市区，距离亚杰大伯的家仅有三站有轨电车车程。奥列加和程亚杰下车后，穿过一条宽阔的马路，来到一个绿树掩映的幽静院落中。院子很大，主体建筑是一幢灰白色的砖木结构的老式楼房，与主楼比邻的还有一座华丽的东正教教堂，上面矗立着三个形状圆润精致的赭红、白色、绿色的小圆顶，给人的第一印象是素朴而庄重。

奥列加引领亚杰参观了校史展览，并将展牌上的说明文字翻译给他。

"俄罗斯苏里柯夫国立美术学院，是俄罗斯首屈一指的艺术院校，继承了19世纪至20世纪初俄罗斯人文美术传统，"奥列加择其要点读给亚杰听，"它成立于1948年，前身是1843年创立的莫斯科绘画雕塑与建筑学校。俄罗斯的众多伟大艺术家都与这所学校的历史有联系，如别洛夫、萨伏拉索夫、波列诺夫、列维坦、谢洛夫，以及20世纪前卫艺术家康定斯基等。学

金童玉女　59cm×40cm　1991年　苏联

晚秋　38cm×46cm　1991年　莫斯科

院的教学方式是工作室、教室、博物馆里的实际操作等。分为
绘画、雕刻、艺术理论等学科，其中，绘画是最大的系……"

　　"好了，我们还是赶快去报名吧！"亚杰喜欢直奔"主题"。

　　亚杰最想报考的是绘画系里的创作班。报名后，他便开始
为考试做准备了。

　　考试的方式完全出乎亚杰的意料。没有国内美术院校通
常的考试科目：素描，色彩写生，命题画等，而是近乎国内的
"面试"。一进考场，他便在奥列加的翻译下与主考官大人对话。

亚杰将自己画作的翻拍照片摆放在桌面上，主考官针对他的画作提出问题，从创作理念、构思构图到表现技法，他均从容作答；有时边回答问题，边用铅笔勾画草图，借助形象表述他的观念。看得出考官对他的表现颇为满意，不住点头表示赞赏。

走出考场时，亚杰问奥列加："你觉得我的回答还可以吗？"

奥列加朝他扮了个鬼脸："没戏！"

"怎么呢？"由于激动，亚杰的脸都涨红了。

"逗你呢，你小子口才不错，中国有句俗话：能把死人说活，指的就是你这种人吧？"

"别开玩笑了，我可是个正经人！"

"好吧好吧，我不正经。但没有我，你就是个哑巴。所以，今晚你得请我吃饭。"

"中国还有句俗话：吃人的嘴短。吃了我的饭，你就得心甘情愿替我发声。"

"没问题，你就备足了票子准备挨宰吧……"

那一晚，奥列加在餐桌上为亚杰上了一课，教给他刀叉怎么摆，西餐怎么吃，罗宋汤怎么喝。

"你要进入上流社会，就得熟悉上流社会的游戏规则，言谈举止要得体，要有绅士风度……"

"这个我懂，入乡随俗。可是别忘了，我也是来自礼仪之邦啊！"

那一晚，奥列加絮絮叨叨，没完没了，从上流社会聊到自己的身世以及失败的婚姻。

那一晚，过量的酒精在奥列加体内燃烧，酩酊大醉的他是被亚杰用计程车送回家的。

不出所料，亚杰顺利考入苏里柯夫美术学院"硕连博"预备班，进入苏式油画的艺术殿堂。

第一天上课，亚杰就傻了，以为走错了地方：一间有着超高天窗的大房子里，没有画架、没有模特儿、没有任何与绘画有关的东西；映入他眼帘的，是各种仪器和瓶瓶罐罐，酷似一个化学实验室。不久，一位身穿白大褂的教授走进教室，身后还尾随着一位助教。助教调整好课桌上的幻灯机，开始用幻灯在幕布上演示一个个画面。亚杰这才明白，教授马上要讲的课程是绘画材料的制作与运用。在教授口中，枯燥的化学原理和其后的实际操作，令人感觉既新鲜又有趣。因为在国内美术学院上课时，一开始就是画素描、写生和模特儿，从未想到绘画材料与自己有什么关系。而在这里，绘画材料是绘画的基础和元素之一，是学习之初就要掌握的知识和技能。学习中，亚杰渐渐悟出了：为何我们的油画技巧那么单调和拙劣？色彩总是显得灰暗和无序？画面时间一长便产生龟裂和脱落？因为我们不懂绘画材料（矿物质颜料、画布等）形成的原因、构成和性能特质，也就不会自觉地把握作画的程序、规律和技法了。

在掌握了绘画材料的制作与运用方法后，教授又以世界名画为例，向学生们灌输他的创作理念。这幅名画亚杰以前从画册中看过，即克拉姆斯柯依的《无名女郎》。画面上，一位头戴皮帽的雍容华贵的俄罗斯女郎，高傲地坐在马车上。

"你们看，克拉姆斯柯依笔下的这位女郎，最打动人的，

［俄］克拉姆斯柯依　无名女郎

是不是她那凛然不可侵犯的高贵感？"教授透过眼镜瞥了一眼学生说，"对了，画家在画这幅画时，绝不单纯是为了给一位贵妇人画像，而是要表现人物的精神境界。假如一排人站在你面前，同样的衣着打扮，同样缄口不语，为何一眼看上去，有人像工人，有人像士兵，有人像教授，有人像大夫，有人像悍妇，有人像淑女？这就是由每个人独特的气质所决定的。一个好画家就要画出这种气质来，而《无名女郎》就是这样。她的气质是通过她的高昂的头颅、微挺的胸部和五官的表情，尤其是眼睛传达出来的。做到这一点是最难的，需要对人物的身世、状态和内心世界做深入研究和探索。"

　　稍稍停顿一下，喝了一口水，教授继续阐述他的观念："对客观世界的表现有两种形式：一种是照相，一种是绘画。二者的区别在于，照相是被动的（借助机械的、技术的手段）；绘画是主动的，它可以改变客观世界，打乱其固有的形态，进行重新组合，这是它高于照相的魅力所在。绘画以艺术家内心的情感为载体，情感是艺术创作之魂。绘画不像唱歌，以声抒情；不像舞蹈，以韵动情；画家最大的本事，不是画得多像、多美，而是通过自己的绘画语言，传递出某种情感和心态，或悲、或喜、或寓意、或希望，引发读者的思考与共鸣。艺术家首先是编剧，之后又是导演，当他挥舞手中的画笔时，心中的情感随着剧情的跌宕呈现在画布上。所以，有什么样的情感，就会孕育出什么样的作品。"

　　教授的阐述使亚杰产生了一种茅塞顿开的感觉。他想起在国内时，恩师王麦杆教授对他讲过的一段话："艺术就像爱情一样，当爱情来临时，每个人都是情书高手，炽热的爱会让深陷其中的恋人自然流露出感人的话语，这就是爱情的传奇。"想不到，两位教授在观念上竟有异曲同工之妙，都主张"情"是艺术创作的灵魂，这是否也意味着，他的创作道路始终没有离开"苏派"绘画的轨道呢？

　　现在，他要轰轰烈烈爱一场了！

第十章　黑海天体浴场风波

1991年7月，学校放暑假了，劳累了一个学期的亚杰很想放松一下。恰在这时，大伯程文和他太极训练班的伙伴们要去黑海度假，亚杰和奥列加受邀同行，一起乘火车前往黑海之滨的旅游胜地索契。

对黑海之行，亚杰本无太大奢望，尤其舟车劳顿，令初到索契的游客们的唯一愿望便是马上钻进酒店房间大睡一场。然而，当人们懒洋洋地走出火车的一瞬间，却被眼前的景色惊呆了——天哪，这是哪儿呀，这是黑海？是索契？不不，这分明是世外桃源啊！放眼远眺，姹紫嫣红的不知名的花儿尽情绽放着，在落日余晖下格外妩媚而富有生气；洁白无瑕的奶白色鹅卵石与天边深蓝色的大海相衔接，美得如诗如画；暖风拂来，鼻孔中满是青草的芳香，沁人心脾。

"我不是做梦吧？亲爱的奥列加，我们还在苏联吗？"亚杰兴奋得有些忘乎所以了。

"没错，这就是苏联，这就是索契，我们的目的地到了！"奥列加大声宣布着，"跟我走吧，别掉队！"

在索契的大街上，这群来自莫斯科的游人东张西望，饱览着这座黑海沿岸城市的旖旎风光。

黑海印象　47cm×62cm　1991年　苏联

　　"快看，前面就是奥斯特洛夫斯基故居博物馆了！"走在队伍最前面的奥列加骄傲地喊道："尼古拉·奥斯特洛夫斯基的长篇小说《钢铁是怎样炼成的》就是在这里诞生的，这条街道就叫保尔·柯察金路！"

　　还在中学时代，程亚杰便读过《钢铁是怎样炼成的》，小说中确实经常提到这个城市的名字——索契，直到现在，他才将文学作品与现实生活对上号。啊，保尔·柯察金，冬妮娅！那浪漫的爱情故事，红军与白匪周旋的血与火的岁月，还有那句至理名言："人最宝贵的东西是生命。生命对于每个人只有一次。人的一生应当这样度过：当回首往事时，他不会因为虚度年华而懊悔，也不会因为碌碌无为而羞愧……"想着想着，他忽然旁若无人地大声朗诵起来，让几位路过的俄罗斯人亦不禁驻足观望。

"你可以呀，字正腔圆的！"奥列加笑着向他伸出了大拇指。

"那是，不然，我白在天津人艺混了！"亚杰也不想假装谦虚。

第二天，阳光明媚，气温宜人。亚杰与奥列加、大伯一行人全部换上三角裤，来到海滨的沙滩上享受"日光浴"。

忽然，不知是谁发出尖叫声："哇，快看！"有如平地一声雷，把所有人都震惊了。顺着他手指的方向看去，远处的海滩浴场上，金发碧眼的男男女女们一丝不挂，优哉游哉地嬉戏欢笑着。尤其是那些俄罗斯和乌克兰少女的美丽胴体，是如此完美地暴露在灿烂的阳光下，令在场的人无不瞠目结舌，像是一下子定格在原地，一步也不敢动弹了。原来，在苏联也有大家早有耳闻的"天体浴场"！

"看来，虽然都是社会主义国家，苏联比我们要开放多了！"亚杰暗忖。

人体，对画家来说并不稀罕。亚杰在天津美院上学时，就画过很多人体模特儿。翻开世界绘画史，从古希腊雕塑、断臂的美神维纳斯，到欧洲文艺复兴时期的古典主义，再到19世纪法国的印象派，无不将裸体女性作为雕塑和绘画的表现对象。在中国，关于在美术教育中使用裸体模特的问题，在民国时期便有刘海粟等人因倡导裸体模特而被指"伤风败俗"的若干公案；而新中国成立后的某些特定时期，裸体模特仍是美术

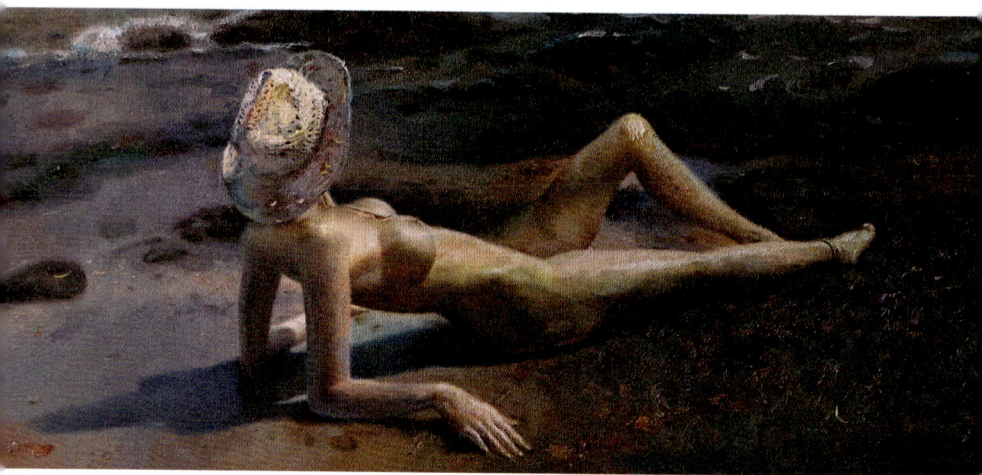

黑海的阳光　40cm×100cm　1991年　苏联

教育的一个禁区。直至毛泽东关于在艺术教育中可以使用人体模特的批示公之于世，裸体模特才堂而皇之地走进美术院校的课堂。其后，打着"人体艺术"旗号的各种版本的裸体女人的摄影画册亦招摇过市，风行一时，使国人对"人体艺术"早已见怪不怪。但在阳光下和自然环境中欣赏人体，对亚杰来说还是有生以来头一遭，岂能错过这样的大好时机？想到这儿，他拉着身旁一位年轻医生的胳膊说："走，咱俩过去看看！"看到年轻医生面带羞涩、踟蹰不前的样子，亚杰开导他说："我是画家，你是医生，在某种意义上说我们都是研究人体的，只要我们大大方方、心无邪念，就没什么见不得人的！"

有了一个伙伴，亚杰胆子也大了，他拉着年轻医生的手，从天体浴场的侧面迂回包抄过去，在一个相对隐蔽的地方大饱眼福。原来，阳光下的人体与室内灯光下的人体，竟有着本质上的天壤之别！它是那样生动、鲜活、圣洁、美好，可以说是上帝最完美的创造、大自然最得意的风景，也是一件最精致最奇妙的艺术品！艺术家真是太幸福了，他们与上帝同在，共同塑造和讴歌着人世间的美。在亚杰以往的和其后的创作中，人体是一个重要的表现题材。尤其是他的人体速写，往往在短短几分钟内，便通过结构精准的线条，寥寥数笔，勾勒出人体的形貌和姿态，或纤弱，或丰腴，或妩媚，或婀娜，不仅有赖于他高超的造型能力和写生技巧，亦有赖于他对表现对象长期不懈的细腻观察和体验。

天渐渐暗了下来，绚烂的晚霞犹如一团燃烧的火焰，映红了辽阔而幽远的天际，落日与大海相吻的一刻呈现出一种惊世骇俗的美，一种用画笔和色彩难以再现的美。

由于"偷窥"了天体浴场的裸女（虽然也有裸男，却常常被忽略不计），亚杰"归队"后受到奥列加的嘲弄，虽然他再三为自己辩白，仍不免有些灰头土脸。所以，他决定至少今晚要还以颜色，冷淡一下奥列加。

夜幕降临后，亚杰约伯父和白天一起"偷窥"的年轻医生去海滨广场游玩。广场上燃起一堆篝火，篝火周围，熙来攘往，热闹非凡。早听说俄罗斯人能歌善舞，他们便找个座位坐下，想体验一番异邦篝火晚会的盛况。程亚杰曾在舞台上和电影中欣赏过身穿民族服装的俄罗斯姑娘和小伙子们，在手风琴的伴奏中跳起欢快热烈的舞蹈。而现在，他看到的舞会场面已与西方夜总会相差无几：火光前的红男绿女们没有了他想象中的优雅和质朴，双目中流溢着欲望之火，动作大胆而狂放。跳舞的人群中，程亚杰发现一个细腰丰臀的金发美女，被一个男青年搂抱着，边跳舞边窃窃私语，一曲终了，打个 Kiss，又与另一个舞伴跳起了贴面舞。跳着跳着就双双离开舞场，消失在一个霓虹闪耀的角落中。他们到哪儿去了？去干什么？那个美艳妖冶的女郎莫非是卖春女？

当亚杰将这些问号一股脑抛给大伯时，已是"俄罗斯通"的大伯说："你猜对了。当女人主动吻你时，是勾引你；你不愿意，她又与下一个人跳。实际上是两个人在谈价钱，进行性交易，谈拢了，就双双离场开房去了。"

大伯的话听得亚杰心惊肉跳。心想，苏联这么伟大，竟然也有如此丑陋的现象，而且就发生在自己眼皮底下……这一切的一切，与黑海的灿烂阳光、壮美景色是何其不协调啊！走出国门，亚杰第一次有了反思，第一次看到了世界的另一面。而成熟，便是从不解和反思中开始的。

第二天，奥列加一大早就叩响了亚杰的房门："睡醒了吗？你这条大懒虫，快起床，我带你去逛市场！"

亚杰从睡梦中惊醒，揉揉惺忪的睡眼，本想冷淡冷淡他，不承想这小子沉不住气，竟主动找上门了！

"好吧好吧，过半小时我去找你！"亚杰也欲借坡下驴。

市场位于距离海滨不远的一条旧街上，这里摊贩云集，人流如织。亚杰随奥列加走走停停，对俄罗斯陶瓷和各种工艺品表现出了浓厚的兴趣。他买了一只漂亮的憨态可掬的俄罗斯套

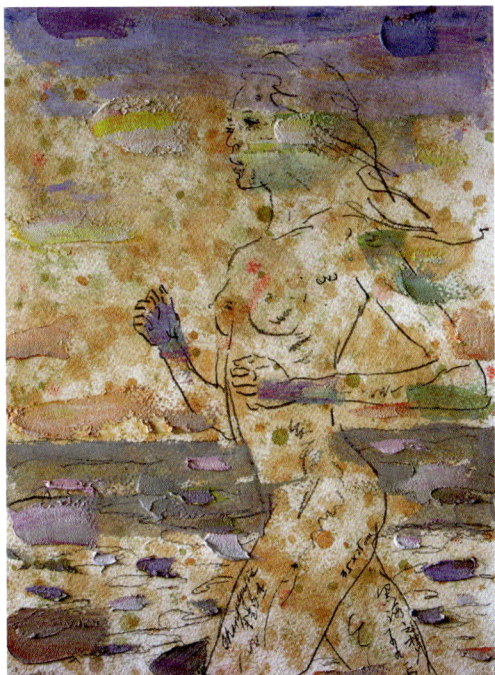

黑海之梦
35cm×25cm
1991年
苏联

娃，想作为纪念品收藏起来。

最令他意外的是，市场上竟然还有行骗的魔术！一个一头卷毛、神情狡黠的俄罗斯青年用三个碗扣住两只球，让周围的看客们押钱参赌。奥列加告诉亚杰："这叫'翻手活'，是俄罗斯常见的一种赌博游戏。"亚杰凑到奥列加耳旁，边比画边对他说："我玩过魔术，懂得里边的窍门。他的两只球，一只藏在手里，一只含在口中，他的手这么动，球在左手碗里，这么动，球在右手碗里，手不动，球在中间碗里。我是专业的，这个我会。"

奥列加面露鄙夷："你开什么玩笑，不可能！"

亚杰不甘示弱："不信咱就试试！"

奥列加跃跃欲试，想撞撞大运。亚杰悄声告诉他："你千万别有这种念头，因为这骗子周围一定有打手和'托儿'，这些'托儿'会抢先下注，而且一定会赢，否则一般看客没兴趣，但一般人一跟就倒霉了。"

说着，他用手一指对面一个戴鸭舌帽的"看客"说："看见了吧，那个人一定会赢！"

"不可能，我看他不像'托儿'！"

结果，"鸭舌帽"真赢了。

玩到第五把，每个人都跟从"鸭舌帽"投注了。

亚杰说："他这把准输。"

奥列加不信。

结果，"鸭舌帽"和所有看客都输了。

奥列加无言以对，心服口服，他拍拍亚杰的肩膀道："哥们儿有两下子呀！幸亏我没跟着下注，否则我也被坑惨了！"

第十一章　坦克开进了红场

1991年夏天，对苏联来说，是个噩梦般的历史时刻。

刚刚结束黑海之行的亚杰，一到莫斯科，便明显感到一种"山雨欲来风满楼"的社会危机感，一种愁云惨雾正笼罩在每个俄罗斯人心头。

与初到莫斯科时相比，亚杰对苏联的印象呈现出两个极端：庄严的红场、高雅的《天鹅湖》、宫殿般的地铁、彬彬有礼的民族，这一切的一切，都被现实中"缺吃少穿"的窘况所击破。原来，他每天"两点一线"的学习生活，接触的多是"上流社会"和艺术圈子，致使他眼中看到的都是光明和美好的一面；待他有机会深入民间，了解到普通百姓的悲伤与焦虑时，才真正感觉眼前所发生的一切都不是偶然的。

"民以食为天"是中国的一条古训，也是一个放诸四海而皆准的朴素真理。但在苏联，亚杰看到的却是：由于片面发展重工业和两个超级大国之间的军备竞赛，致使与人民生活息息相关的轻工业发展严重滞后，商店的货架上空空如也，水果吃不上，蔬菜吃不上，就连每天早晨买个面包，都要大摆长蛇阵。然而，为满足特权阶层需要而设立的"特供商店"里，商品却琳琅满目、应有尽有。深重的社会矛盾造成了种种社会乱象：酗酒、卖淫、吸毒、犯罪……如瘟疫般到处蔓延。在莫斯科出行和购物时，亚杰亲眼看到有乞丐蜷缩在阴暗的角落里，面前放着一个小铁盒，不时有路人向盒内投币，发出叮叮当当的响声；更有酗酒者，将酒瓶和呕吐物弄得遍地皆是，且洋相百出，撒尿后忘记提裤子，光着屁股在大街上行走。他还看到一些有轨电车的车窗玻璃几乎全被打碎，不用说，这也一定是酒鬼们干的。亚杰心想，这样活着还有什么意思？当一个社会的公平正义遭到践踏，人民的不满情绪与日俱增时，统治阶级便犹如坐在了火山口，随时都有分崩离析的危险。

其后的"八一九"事件可以说是苏共内部派系斗争、苏联各个加盟共和国民族矛盾和国内各种社会矛盾的一次总爆发。一心钻在艺术象牙塔中的亚杰对政治并无太大兴趣，也不了解苏联正在发生的社会动乱的来龙去脉；他只是从报纸和电视的新闻报道中，了解到一些表面的、浅层的和支离破碎的现象。但从同为社会主义国家的中国的政治生态中，亚杰隐约感到，应当是戈尔巴乔夫上台后推行的新政，即所谓"新思维"使苏共逐渐脱离了既定的政治航向，使世界上第一个社会主义国家面临解体的危险。最先提出独立要求的是波罗的海国家立陶宛。继而发生了多米诺骨牌效应，十五个加盟共和国纷纷要求独立。而其中闹腾得最厉害的是不久前当选俄联邦总统的叶利钦。在"八一九"事件中，以苏联副总统亚纳耶夫为首的正统派共产党人派克格勃到黑海度假地软禁戈尔巴乔夫，宣布全国进入紧急状态。在政变领导人与激进派的生死博弈中，叶利钦奋不顾身地登上坦克，向周围的支持者发表演讲的镜头，成为世界各大媒体的头条新闻。他也旋即成为俄罗斯大地上冉冉升起的一颗政治新星。随后发生的事情再次令全世界大跌眼镜：叶利钦不仅与戈尔巴乔夫，这位刚刚从被软禁的黑海度假地接回莫斯科并官复原职的苏联总统平起平坐，而且竟然在大会上粗暴地打断戈尔巴乔夫的讲话，步步紧逼，令对方颜面扫地，势同傀儡，最后不得不交出总统权力。

在这个非常时期，莫斯科的空气中弥漫着变幻莫测的气味，路人们相互交头接耳传递着各种难以确认的小道消息，悲愤、焦虑、恐惧、迷惘和期待……有如五味杂陈，搅乱了人心，打乱了人们的正常生活。

"八一九"前夕，亚杰经常光顾红场，看到部队频繁换防，满载军人的装甲车、卡车隆隆驶过，卷起阵阵烟尘。开始他以为这是政客们在恫吓百姓，后来才知是苏联上层发生了宫廷政变。过了几天，红场四周的所有入口均被坦克和铁栅栏封锁，红场外则有不同政党和群众聚会、示威和演讲，发表各种不同政治见解。而"洋葱头"附近的商店、咖啡馆、报刊亭大都关门歇业，工厂、学校停工停课，市场出现了抢购风潮，水和面包这些平时便需排队购买的食品则更加匮乏。

回到家里，亚杰问大伯："咱家还有面包吗？"

大伯摇摇头，无奈地答道："没有了。"

"那我们吃什么？"

"这你不用担心，我们单位食堂还可以买到。"

"面包会有的，一切都会好起来的。"这时，亚杰想起苏联电影《列宁在1918》中，瓦西里的那句经典台词。

但面包真的会有吗？一切真的会好起来吗？天知道！反正亚杰不信。他看不出形势有丝毫好转的趋向。

天无绝人之路。恰在这时，父亲的一个朋友向亚杰介绍了一位也在莫斯科谋生的中国画家，两人便匆匆见了一面。

"反正我是待不下去了，这个国家也太穷了，没吃没喝的，怎么画画？"

"是啊，我们总不能画饼充饥吧！"

"我有个同学在维也纳，你有没有兴趣去那儿？"

"怎么去呢？"

"很容易，从莫斯科坐火车经过布达佩斯，再往前就是维也纳了。"

"去维也纳有什么好处？"

"好处大大的，我告诉你，苏联和匈牙利都是社会主义国家，经济上都不太好，而奥地利属于比较发达的资本主义国家，又是世界音乐之都，画家在那儿也很吃香，从环境到生活都比苏联好得多，为啥不去？"

一番话把亚杰的心说动了。是啊，我满怀希望地来到莫斯科，来到苏里柯夫美术学院求学，现在学业尚未完成，苏联就变天了，学校也停课了。所以，到维也纳去成了他眼下最大的心愿和目标。

"出国签证怎么办呢？"亚杰问那个画家。

"这个我也不清楚，你去问移民局吧！"

"要不要我们一起去？"

"我没钱，买不起火车票。我想做生意赚点钱再走。"

　　第二天，亚杰将他的计划悄悄告诉了大娘，大娘支持他的计划，娘儿俩一起去打听和办理出国签证事宜。令他们颇感意外的是，原以为难度很大心中无底的离境手续，竟然不费吹灰之力就办下来了。原来，在崇尚人道主义的西方（包括苏联），当国家遭遇政治动荡或自然灾害时，政府要按照国际惯例，为各国撤侨和难民离境开绿灯。

　　不料回家与大伯一说，老爷子就被气得吹胡子瞪眼的："这么大的事，你怎么能先斩后奏，擅作主张？毕竟是我带你出来的，现在你一拍屁股走了，万一出点儿事，我如何对你负责，如何与你父亲交待呀！"

　　"大伯，您别激动，我既然出来闯世界，就不怕有艰难曲折。我当然想在这里完成学业，但您看莫斯科形势这么紧张，学校也停课了，我再待下去还有什么意义？您不让我走我也得走。您尽管放心，我不会出事的！"

　　临别时，亚杰将一箱自己的画和颜料等留给大伯，并将钥匙交给他，说以后有机会再回来取（但其后他一直未能重返莫斯科）。大伯余怒未消，接下箱子，却不远送。

　　程亚杰孤身一人离开了大伯家，正如他来莫斯科时，也是孤身一人一样。

　　好在他已熟悉了这里的一切，出门乘上有轨电车，"丁零当，丁零当"开到了火车站，直接上了火车。

　　火车启动时，亚杰忽然一阵茫然。一路西行，等待他的是一个完全陌生而又举目无亲的世界，他将怎样在那里安身立命，继续他的艺术"朝圣"之旅呢？

Chapter **3**

第三卷　朝圣

（1991—1995　维也纳）

与宗教不同的是，艺术使用感性的形式去表现那些崇高彼岸的东西，形式上更接近人的感觉和情感。这就是我为什么要给艺术以崇高地位的原因。

——黑格尔

第十二章　奔驰在欧罗巴的原野

　　在古希腊神话中，"万神之王"宙斯看中了腓尼基国王的漂亮女儿欧罗巴，想娶她为妻，又怕被她拒绝。一天，欧罗巴在一群姑娘的陪伴下在大海边游玩。宙斯见后，连忙变成一匹雄健、温顺的公牛，来到欧罗巴面前，欧罗巴看到这匹可爱的公牛伏在自己身边，便跨上牛背。宙斯一看欧罗巴中计，马上腾空而起，接着又跳入海中破浪前进，带欧罗巴来到远方的一块陆地共同生活。这块大陆便是今天的欧罗巴，简称欧洲。

　　古老的神话传说，"上帝后花园"的美誉，以及文艺复兴以来灿若群星的艺术家，使欧罗巴成为亚杰魂牵梦萦的一块圣地。虽然，苏联与欧洲在绘画艺术上同属一个体系，对中国画家影响最大的也是苏式油画，但随着中国改革开放的历史进程，西方艺术正越来越多地被新一代中国画家模仿和接受。本来，程亚杰出国的目标是完成他在苏里柯夫美术学院的学业，他的绘画创作无疑会遵循苏式油画的模式。而今，苏联发生了政治动荡，学校停课了，他不得不另寻出路——而这条道路，或许离他的欧洲艺术朝圣目标更近、更具挑战性。现在，他就置身于欧罗巴的丰饶怀抱中，心中不由升腾起一种莫名的兴奋与不安。

月亮女神
40cm×30cm
2015年
法国

　　开往布达佩斯的是一部旧款火车，亚杰至今也未搞清它
是匈牙利火车，还是苏联火车，总之都是那种慢吞吞的、速度
比蜗牛快不了多少的火车，而且站站都停，站站都有人上上下
下，就像城市里的公共汽车。倒是在他眼前晃来晃去的欧罗巴
人种（在苏联东欧，则多是斯拉夫人），无论是高鼻梁深眼窝的
潇洒青年，还是金发碧眼的绝色少女，都使得他爱美的心和画
画的手有些发痒。他想起了在美院学习时画过的大卫石膏像。
在"文艺复兴三杰"之一的米开朗琪罗手中，这位英俊帅气的以色列王被塑造得那么轮廓分明、凹凸有致，堪称一个被理想化的欧罗巴青年形象；与蒙古人种的平面扁鼻相比，的确更适宜成为绘画与雕刻的表现对象……

"你好！"一个仿佛已遥远而又熟悉的声音忽然打断了他的思绪。蓦然回首，见一位三十岁上下的中国小伙儿站在面前，用一种善意的探询的目光注视着他，"是中国人吧？"

"嗯。"亚杰下意识地点了点头。

"去哪儿啊？"

"布达佩斯。"

"我也去布达佩斯呀，"小伙子脸上绽放出善意的笑容，咧开的嘴里露出一排洁白的牙齿，"看来我们是同路了，这里人太多，要不要到前面我的卧铺车厢去坐，我那儿还有空位。"

"那好吗？"亚杰有些犹豫。

"有什么不好？我们是老乡，还客气什么？"话音未落，早已将亚杰的行李箱提起来，带他穿过一节节拥挤的车厢，来到小伙子的卧铺车厢。

果然是这里好，不仅人少，空气也清新了好多。亚杰暗中庆幸自己运气不错，到哪儿都能遇上"贵人"。

两人坐定，舒服地倚在卧铺靠背上，边饮茶，边聊天。

"你在苏联待了多长时间？"

"没多长，还不到一年呢！"

"你到布达佩斯有人接应吗？"

"没有，也不需要。我到布达佩斯只住一晚，然后转车去奥地利。"

"噢，这样，我家就在布达佩斯，你就住在我家里。下车时顺便帮我搬搬行李。好吧！"

"你是做什么工作的？"

"我是玩火车票的。"小伙子压低了声音，狡黠地朝亚杰挤了挤眼。

原来是个倒票的黄牛啊，亚杰心想。

"你知道，苏联东欧的火车票都是可以往返的通票，从哪边上车都可以。匈牙利不好买票，我就到莫斯科去买，一次买30多张，转手卖给匈牙利这边的旅客，一张票赚十块美金，一趟就能赚300多美金。宠物狗也好卖，我一次带两三只，就可卖500到800美金。我这次还带了不少服装……没办法，混呗。要不没饭吃啊。"

"你是怎么到匈牙利来的呢？"

"实话告诉你，我本来也是要去苏联的，也给人贩子缴了钱，谁知这帮王八蛋把我从苏联经匈牙利、奥地利，'托运'到意大利一个边远小山村，成了'偷渡客'，不仅荒无人烟，还经常有动物出没、边防军抓人，处境十分危险……"

"你被抓过吗？"

"抓过。"

"那怎么生存下来的？"

"抓了也没事，能跑就跑，跑不了还得管吃管住，他们不是讲人道主义吗！"

"但这毕竟不是长事呀！"

"所以当地人给我出了个主意，让我去警察局和移民局报

舍农索城堡旁的庭院　38cm×45cm　1994年　法国

到，就说我在国内受到了迫害，要求政治庇护权。"

"你这倒霉孩子，大字不识几个，谁迫害你呀？"

"是呢，他们也不是傻瓜，不会相信我。我就说我是超生游击队的，违反国家的计划生育政策，超生了，政府要把孩子掐死，还要重金罚款，我没钱，所以就跑到国外来了。就这样，利用西方重视人权观念，糊弄了一个政治避难权。期限三个月，到期再申请续签，如此这般，三年后就可申请绿卡了。"

"那你为什么没在意大利定居呢？"

"嗨，听说匈牙利可以免签证，中国人多，好找工作，才到这里来谋生嘛！"

后来，在欧洲待长了亚杰才知道，他的好多朋友在当地开了店，挣了钱，有了居留权，想把国内的太太接来，却被拒签了，精神上受到沉重打击。其遭遇虽然与他无关，却未免在心理上投下阴影。在国内，他从电视剧中看到一些在海外生活的华人，仪表堂堂地回来后，一个比一个牛，一个比一个光鲜亮丽，殊不知，只有身临其境，才晓得华人在国外太难混了，简直一个比一个可怜！

火车到了布达佩斯，亚杰像个搬运工似的，帮助倒票的小伙儿扛着大包小包走出站台，径直走进车站旁边的一家中餐馆吃东西。

餐桌上，倒票的小伙儿劝亚杰留在匈牙利："你去奥地利干什么？这儿中国人多，好挣钱。"

"我出国不是为挣钱，是想完成我的学业。"亚杰回答。说得再深一点，他是来欧洲这个世界艺术中心"朝圣"的，只不过，对眼前这位在异国他乡以倒票为生的同胞来说，"朝圣"这个概念未免太高雅、太难理解了。

"好吧好吧，人各有志，再说，匈牙利确实也没啥好学的。"

翌日清晨，亚杰到火车站办妥转车手续后，想给远在天津的家人打国际长途报个平安。车站附近的人行道边有两个电话亭，一个排起长龙，一个无人问津。亚杰很奇怪，便向一个排队的中国人询问，回答是：排队的这个电话亭是免费的。哦，在国外，也是穷人多啊。亚杰心想，我是个穷学生，当然也要站在这个队伍里了。

轮到亚杰通话时，忽然身后有人拍他的肩膀。他以为是后边排队的人嫌他慢了，回头刚想道歉，发现拍他肩膀的竟然是他天津美院同学的弟弟！

"嗨，大哥，你怎么在这儿呢？"

"嚯，这世界真小，想不到在匈牙利遇上你！"

"是啊！大哥你啥时到的？"

"我昨天刚到，在这儿换车去维也纳。"

"你去过维也纳吗？"

"没去过。"

"维也纳有人接应？"

"没有。"

"没人接你就敢去？胆子不小呀！"

"车到山前必有路。"

"大哥，你遇上我算遇着了，我给你介绍个维也纳的朋友吧！"说罢，便拉着程亚杰进了一家咖啡馆。坐定后，他兴冲冲告诉程亚杰，他在维也纳的朋友名叫李宝柱，是个书法家，几年前与一位画家到维也纳举办书画展后留在那里做生意。"我为什么介绍你们认识？因为你也是搞艺术的，他肯定会对你感兴趣！喏，这是他的电话，你在维也纳下了火车就打电话，让他去车站接你！"

"好的，太谢谢你了，这简直是天无绝人之路哇！"

第十三章　你好，维也纳

　　火车在欧罗巴的田野上奔驰，窗外如画的风景令程亚杰意醉神迷。时光像列车的车速般飞驰而过。列车的播音室传出用德语播报的下一站的站名，亚杰听不懂。是维也纳吗？恰好身旁有个亚洲人，他便尝试着用中文、日文打听，对方却一个劲儿摇脑袋（后来才知此公是韩国人）。怎么办？再耽误，车一开，下一站可能就到瑞士了，急得亚杰脸上直冒汗。他拖着行李跑到车门口，见车下有个戴大壳帽的检票员，便举起手中的火车票用力摇晃了几下，用英语问他："Is this Vienna？"（这是维也纳吗？）检票员频频点头道："Ya！Ya！"（是的！）瞬间，亚杰如脱兔般一个箭步跳下车去。正当他刚刚在月台站稳时，列车徐徐开动了，好险啊！程亚杰不禁倒吸了一口凉气。

　　庆幸自己反应还算敏捷的亚杰手提行李箱，背着背包，形单影只地向出站口走去。走进巴洛克式装饰风格的车站大厅时，他被眼前的景象惊呆了：我的天哪，真美啊！太漂亮了！太艺术了！简直无法形容！此刻，他能想到的赞语一股脑都蹦了出来。这位处于极度亢奋状态中的东方人，从他踏入维也纳的第一天起，便拜倒在艺术女神的石榴裙下。他四处张望，顾盼流连，目不暇接。不知不觉间，太阳快要落山了，孤独的鸟

迷途
80cm × 80cm
1991年
维也纳

儿要归巢了，才猛然想起打电话联系书法家李宝柱的事。

"こんにちは！"（你好！）正在这时，一个二十多岁的日本年轻人闯入他的视野。大概把我当成日本人了，亚杰心想，然后笑着迎上前去，用英语问道："Are you speaking to me?"（你在和我说话吗？）日本青年见不是自己同胞，神情有些紧张："ごめんなさい！"（实在对不起！）"It's all right. What can I do for you?"（没关系，有什么事你说吧！）日本青年这次是用肢体语言，连比画带说地告诉亚杰，他想去电话亭打电话，能否帮他看一下行李。亚杰低头一看，妈呀，这么一大堆行李，他是怎么从车上拎下来的！亚杰也边比画边说："我也要打电话，正好，你先打，我给你看行李，你打完了，帮我看行李，我再去打！"

日本青年打完电话，回来给亚杰看行李。亚杰拨通了李宝柱的电话。

"喂，你找谁？"

"你好，我找李宝柱。"

"噢，李宝柱没在家，我是他弟弟。你是程亚杰吧，你的情况他告诉我了。你现在在哪儿？"

"维也纳火车站。"

"哪个火车站？"

原来，维也纳不止一个火车站！亚杰心想，我怎么知道？便让电话那头等一等，他在街上找个当地人问一问。过来一个人他就冲人摆手，但没人理他。直到一位老太太出现："Hello!" "Hello!"（你好！）"Could you do me a favor and tell him which railway station is this over the phone?"（能帮我接个电话，告诉他这个车站的名称吗？）老太太点点头："Sure!"（可以！）老太太接过话筒，报了站名，对方也听懂了。

"这样吧，你先在车站等着，哥哥卖台布去了，他一回来，马上去车站接你！"

"好的，尽量快一点儿啊！"

不知过了多长时间，又冷又饿望眼欲穿的亚杰，终于盼来了救星。眼前的李宝柱，热情、豪爽，与亚杰一见如故；只是可能在异国他乡打拼的原因，四十多岁的汉子已满脸沧桑，让人感觉过得一点儿也不舒坦。寒暄过后，两人上了李宝柱的面包车。

2005年，程亚杰于西班牙

2009年12月，程亚杰于摩
纳哥

"亚杰，我告诉你，为啥我一口答应让你住我家，还亲自来接你，这就是缘分！我是个书法家，几年前，我和一位画家朋友一起来维也纳联合国办事处举办书画展，展览结束后他回国了，我独自留下来了。为了谋生，开始时我想开个画廊卖画，可那些老外看不懂中国画，画卖不出去，就只好到露天市场上卖台布。这里原来是一个露天汽车电影院，后来看电影的人少了，就被改造为一个跳蚤市场，专营台灯、桌布、灯具、油画、古董、装饰品，也夹杂着一些食品、蔬菜……"

到了李家，李宝柱说："嗨，哥们儿，肚子饿了吧？正好我也没吃饭，咱俩一块儿吃点东西吧！"说罢，转身进了厨房，下了两碗挂面，端出一盘猪大肠，一股臭烘烘的气味熏得亚杰直皱眉头，又不好意思不吃，只得礼貌性地吃了两口。

李宝柱家共有三间屋子，他与弟弟、女儿各住一间。

"你就将就一点儿，跟我挤挤吧，你睡床上，我睡地板！"

"这怎么行啊，不合适。"

"你听我的，我腰疼，睡不了软床。"

那一晚，哥儿俩聊得很投机，几乎彻夜未眠。李宝柱答应亚杰，明天带他认识一下这儿的留学生，通过他们了解一下报考美术学校的有关事宜；有时间的话，再逛逛艺术市场、游览一下圆舞曲之王施特劳斯讴歌的蓝色多瑙河。

天将破晓，两人才进入梦乡，一觉睡到午后。

傍晚时分，李宝柱开着面包车，带亚杰到一家咖啡馆与留学生们会面。李宝柱一一为他做了介绍：这位是北京的，这位是上海的，这位是四川的，这位是苏州的……亚杰还看了他们特意带来的绘画作品。留学生们告诉亚杰，奥地利最有名的艺术院校是维也纳实用美术学校，就是当年将纳粹头子希特勒拒之门外的那所美术学校。还有在奥地利大名鼎鼎的沃尔夫冈·胡特（Wolfgang·Hutter）教授，他是"梦幻现实主义"画派的创始人，他的"大师班"是世界各地学子向往的地方。可惜的是，这所学校今年的报名日期已过，就等着三天后考试了。胡特的大名，亚杰早有耳闻，今天才知道，他在维也纳实用美术学校任教。

李宝柱当即表示："我可以带你碰碰运气，但这个学校太难考了，可能够呛，搞不好就要等明年了。"

"那我这一年怎么办？"

"那就申请居留呗！不过，你有钱吗？"

"你看我像有钱人吗？"

亚杰明白，一般出来混的人，钱大都被人贩子骗走了，大都很穷、很可怜。但他们又很古道热肠，这个说"我给你联系个德语班吧"，那个说"我给你联系个餐馆当服务生吧"。

当务之急是取得居留证。李宝柱去银行为他开了存款证明，又为他办了一个德语考前班的准考证，凭借这些材料，他获得了三个月的居留权。

手续办妥了，亚杰坐上李宝柱的面包车，心想，他整天跑市场，车上装的都是台布，时间长了，一则不方便，二则不好意思总搭他的车。于是对李宝柱说："要不我自己买辆车吧？"

"什么，你还有钱买车？"李宝柱惊讶地瞪大了眼睛，"你有多少钱？"

雨中曲　24cm×34cm　2015年　法国香波城堡

"两千美金够吗？"

"开玩笑，两千哪够，二手车还差不多。"

"我说的就是二手车。"

"那好，我明天就带你去买！"

第二天一大早，两人便相伴到一家二手车卖场购车。

"Guten Morgen！"（早上好！）一看李宝柱就是个老主顾，上前与销售员热络地搭讪起来。

"你还会讲德语？"亚杰悄声道。

"废话！我在这儿卖台布，不会讲德语怎么跟他们打交道？"

在品牌繁多的二手车中，亚杰相中一辆红色"福特"，标价五千八百美元。这个价钱，其实他有偿付能力，但已说出两千，覆水难收了，怎好改口？

"没事，我借你三千八！"李宝柱慨然应允，显得很男人。

"这多不合适呀！"

"有啥不合适的？我还真希望你有辆车，等你考完试跟我一起卖台布，省得你跑餐馆打工去。一个大画家给人洗碗多掉价呀！"

"也是啊，有道理，谢谢大哥！"

交易时，销售员把那八百的零儿给抹了。李宝柱告诉亚杰："这本来是我的佣金，既然咱哥儿俩这么有缘，我还要佣金干吗！记得以后挣了钱还我，没挣就算了，毕竟咱都是搞艺术的！"

就这样，到维也纳的第三天，亚杰便拥有了自己的坐驾。

第十四章　考场上的"不速之客"

维也纳实用美术学校成立于1692年，是一座世界知名艺术学府，专门培养画家、雕塑家、实用美术家、舞台设计师和建筑师等，许多著名艺术大师皆毕业于此。学校还拥有一座颇具规模的画廊，内中藏有欧洲古典主义绘画大师伦勃朗、卢本斯和提香的作品。这所艺术学府之所以有名，在一定程度上是因为20世纪初叶，它曾拒绝过青年希特勒的入学。有历史学家认为，如果希特勒走上艺术之路，那场给欧洲造成空前浩劫的战争就有可能避免，世界历史就有可能改写。

出国之前，亚杰便看过希特勒的绘画作品。坦白地说，他描绘的维也纳风景和建筑具有相当水准。画这些写生时，他只有17岁。据说，他上中学时，数学、自然等均不及格，唯有绘画一门成绩为优。18岁时，他首度报考维也纳实用美术学校，招生老师告诉他，他的天赋是在建筑方面，但报考建筑系必须读完六年制中

1992年，程亚杰于维也纳美术馆

学，而他只有四年制中学证书。第二年希特勒再次报考仍以失败告终。自命不凡的希特勒曾扬言，我被艺术拒之门外，这对世界是个重大损失，或许命运要我去从事更伟大的事业……不料一语成谶，令人不禁感叹，如果这个世界多一些艺术家，少一些野心家和战争狂人，将会变得多么光明和美好！

抵达维也纳的第五天，亚杰便在李宝柱带领下，到维也纳实用美术学校"踩点"、试运气。那一天，正是考生们应试的日子。

机会属于有准备的人。亚杰对此深信不疑。一般来说，机会是一种可遇不可求的东西，需要耐心等待；但对亚杰来说，消极等待不是他的性格。在他的身体和血液中，有一种不安分的因子潜伏着，躁动着。他不奢望着天上掉馅儿饼，而要主动出击，去争取和创造机会。既然是出来闯世界的，就不能循规蹈矩，畏首畏尾，听从命运的安排。

维也纳实用美术学校坐落于维也纳一区，是一幢赭红色的五层古典建筑。建筑的正面由一组高大的罗马廊柱支撑，廊柱前矗立着德国诗人席勒的雕像。李宝柱开着亚杰最新购置的二手红色"福特"，围着学校所在的街道转了一圈，目睹了考生们手持准考证，排成长龙，等候进入学校参加考试的热闹情景。"福特"转到学校背面时，两人忽然发现有个后门，大约是供教职员工进出的，便径直开了进去。停好车，两人沿着楼梯爬上二楼，见楼道里摆着一张桌子，两名工作人员正为考生登记注册。亚杰没有报名表，只能无奈地扫了一眼离开了。但他们打听到沃尔夫冈·胡特的考场设在三楼，便直奔三楼考场而去。

云雀　42cm×59cm　1992年　维也纳

源泉　50cm×70cm　1994年　新加坡

虽然没有参加考试的资格，亚杰却是有备而来。这天，他特意梳洗打扮了一番：穿着挺括的西服，打上领带，显得格外潇洒利落；而挎在肩上的画夹里，则是他历年来绘画代表作的翻拍照片。

考场外的走道上，一老一少两个亚洲人正在聊天。一看来了两个陌生人，便用台湾腔调的国语小声嘀咕说："好像是日本人。"亚杰见状，干脆将计就计，故意对李宝柱说了几句日语。两个台湾人真拿亚杰当日本人了，以为他听不懂汉语，对话便肆无忌惮起来：

"这傻帽儿，一看就是个雏儿，我在这儿考三年了，胡特都没录取我，他怎么就敢硬往这儿闯？"

"嗨，你没见过，未必人家就没跟胡特学过！"

"那也不对呀，他来了，这个名额是他的还是我的呀！"

亚杰后来才知道，报考胡特"大师班"的考生，必须作为学校的旁听声连续旁听三年，得到胡特的认同后，才有资格报考。今年，胡特便带了三名备考生，一个是美国人，一个是奥地利人，一个就是这位台湾人，名唤刘志安，与他一起来的是他舅舅，刚刚从德国赶来"陪考"。

正说着，只听楼道里一阵骚动，"胡特来了！胡特来了！"

循声望去，一位银发、白衬衣、燕尾服、黑领结、方面阔目、仪表堂堂的教授，在六位考官的前簇后拥下大步向考场走来。不用说，他就是大名鼎鼎的沃尔夫冈·胡特了。一霎那间，亚杰就被震住了：太帅了、太派了，绝对电影明星的范儿！从他身边一过，飘过一阵刺鼻的香水味。一看就热血沸腾，考不上也得追他！

　　沃尔夫冈·胡特一行进入考场，在长桌前一字排开落座，先叫了一号考生，是一个浅棕色头发的美国小伙儿。亚杰站在门口"蹲守"。实际上，他并无马上报考的奢望，只想进去问问明年怎么报名，可能的话，再请胡特看看他的作品，确认一下有无报考资格和水准。所以，当美国小伙儿考试完毕走出考场时，亚杰从半开的门缝中向里面探头张望，胡特身边的一位助手以为他是二号考生刘志安，便冲他点头、招手，亚杰便乘机"混"了进去。走到胡特面前，相互交流眼神的一瞬间，他读出了胡特眼中的迷惑：你是谁？谁让你进来的？胡特与身边的助手叽里咕噜说了一通德语。亚杰怔怔地僵在那里，一句也听不懂。忽然，他急中生智，用英语对胡特说了一句："Wait a moment, please."（请您稍等。）一个箭步冲出门外，与门口刘志安的舅舅撞了个满怀。"报歉先生，麻烦您，胡特先生说的话我听不懂，您能否帮我翻译一下！"对方这才恍然大悟，原来这小子是大陆来的，不是日本人，真会装啊！但仍不失礼节地表示："好吧，我跟你进去。"

　　有了翻译，亚杰一颗悬着的心立刻安定下来。

　　"胡特先生问你，你是来参加考试的吗，带作品来了吗？"

　　"带了，带了，"亚杰连忙从挎在肩上的画夹中取出一个大相册，里面全是他绘画作品的翻拍照片。他将相册恭恭敬敬递到胡特手中。胡特一页页翻阅着，他看得很认真，也很喜欢。翻到《银花》时，胡特开腔了。

　　"胡特先生问，这是你画的吗？"

"是我画的。"

"什么时候画的？"

"是五六年前，我在天津美院学习时画的。"

翻到一幅描绘俄罗斯风景的油画时，胡特眼睛一亮，继而双眉微蹙，一脸疑惑。

"胡特先生问，这幅也是你画的？"

"是的，是我在苏联苏里柯夫美术学院留学时画的，因为苏联发生了动乱，才放弃学业转到这里来了。"

"这真是你画的？"胡特又追问了一句。

亚杰心想，如果不信，我可以当场画给你们看！但不敢造次，只是自信而坦然地点了点头。

"胡特先生说，这么好的颜色，整个一个印象派！与《银花》完全不是一个风格，他不相信这是出自同一位画家之手。如果真是你画的，胡特先生说你水平太高了，无须再上学了！"

亚杰一听，心里顿时凉了半截：这不是明摆着不要我嘛！但仍不死心，便追问道："我明年来考可不可以？"

"不用明年，你现在就可以毕业了！"

就在亚杰神情尴尬无言以对时，胡特又向他抛出一个问题："你知道，维也纳还有另外一所美术学校，你为什么非要考我们学校？"

这个问题难不倒亚杰，因为他已做过"功课"，所以对答如流："因为我早就仰慕胡特教授的大名，知道您是奥地利绘画界的莫扎特，今天在此相遇感到十分荣幸。我不是为学位而来，而是要学习您的梦幻现实主义绘画理念和创作技巧。如果

素描人物
38cm×30cm
1993年
维也纳

换别的学校，我就没有这个机会和心情了……"

　　胡特边听边笑，心想这个来自东方的年轻人虽然有点儿拍马屁，但并不虚伪和肉麻。更重要的是，小伙子确是个难得的人才呀！听完亚杰的回答，他侧过身去，与旁边一位气质高雅的中年丽人交头接耳了一番（亚杰事后才知，她是胡特的第四任夫人兼助教）。然后胡特夫人款款起身，冲着亚杰嫣然一笑道："教授同意破格录取你。但有一个条件：入学后的三个月

我的未来不是梦　200cm×150cm　1993—1995年　维也纳

内，你不准离开教室，每张画都要在这里完成。如果教授认为你确实有画这些画的水平，就正式收你为徒。你同意吗？"

"没问题！"亚杰爽快回答，暗笑着心想：我当然要在教室画画了，真金不怕火炼，有真本事还怕穿帮露馅儿么；再说，你让我回家画画，我也没这个条件哪！

"那好，你去填写入学登记表吧！"胡特夫人让他当场填好表格，填完递给胡特，胡特当场签字后，起身与亚杰握手。胡特太太说："恭喜你，你被录取了！"在场的助教们亦深感意外，面面相觑，因为，这在维也纳实用美术学校校史上是没有先例的。

亚杰创造了一个奇迹，胡特也创造了一个奇迹。

走出考场，亚杰感觉就像做梦一样。等候在外的李宝柱听说他已被录取，高兴得手舞足蹈，一边下楼，一边拍着他的肩膀，一口京腔京调道："嗨，哥们儿，我觉得像做梦一样，真的假的？这外国人也真有意思，你连报名都没报，就凭你那几张画就录取了？哥们儿，不管怎么说，这是好事儿，今儿我做东，咱俩下馆子撮一顿去！"

三天后，录取名单张榜公布了。学校一楼大厅里，熙熙攘攘，人头攒动，许多家长陪着考生前来看榜，考上的兴高采烈，落榜的则悲伤失落。这情景大约在世界的每个角落都是大同小异的。

人群中，亚杰也在睁大眼睛寻找着自己的名字。从上到下搜了一遍，没有。又让陪同前来的李宝柱看了一遍，也没有。胡特的三个备考生，都榜上有名，唯独没有他。

怪了。亚杰有点儿蒙。

"我就知道，这他妈不可能的事。这就是电影，就是一场梦。哥们儿别难过，你明年再考一准儿没问题，到时候我还陪你来。正好你今年陪哥哥做一年生意，再学一年德语。走，咱上德语课去！"李宝柱摆出一副事后诸葛亮的姿态，拉扯着亚杰的胳膊便往外走。

"真找乐呀，胡特明明都签字了！"亚杰越想越不对劲。

"签个屁呀！你知道签字代表什么呀？走吧哥们儿！"

两人垂头丧气地准备打道回府，忽听身后有人喊亚杰的名字。回头一看，是刘志安。

"恭喜你呀，考了个状元！"

"别拿我寻开心了，我落榜了！"

"谁说的，我看见你名字了！"

"真的？"亚杰的脑袋又蒙了。转身央求李宝柱："大哥，委屈你再等我几分钟，我跟他回去看看！"

"最后一趟啊，再让你当一次傻帽儿。"李宝柱已有些不耐烦了。

来到榜前，刘志安用手向上一指："哥们儿，这是谁的名字？"亚杰定睛一看，在榜单的最上方，一条细线将录取名单与一行德文字母分隔开来，这行德文字母写的是，"Aufgenohmen wurden die Ehre:Cheng Yajie."（特别荣誉录取：程亚杰）

亚杰瞬间泪奔。哥们儿，真的是我！我被录取了！梦想成真了！亚杰与刘志安、李宝柱紧紧拥抱在一起，心中像打翻了五味瓶，悲喜交加、起伏跌宕，这极富戏剧色彩的一幕，令周围人纷纷驻足观望。

接下来，被录取的学生要到学校教务处登记注册。完成这个程序后，这些缪斯的幸运儿们便正式登上了神圣的艺术殿堂。

轮到亚杰时，激动人心的场面出现了。一听念到亚杰的名字，注册室工作人员全体起立、鼓掌，教务主任更主动迎上前来，用西式礼节与他拥抱，亲吻他的面颊，弄得亚杰反而羞红了脸，一副受宠若惊的样子。为亚杰注册的是一位漂亮的欧罗巴女孩，生着一张标致的东方式的小脸，翘鼻子，黑眼珠，白皙的皮肤，活色生香，十分可人。之所以对这个女孩印象深刻，是因为亚杰一向喜欢东方女孩，而对西洋女子不感兴趣。大概意识到亚杰不会德语，女孩用英语对程亚杰说："Do you know Hutter? He is a world famous master of painting. He signed for you even though you didn't submit your application. You are now specially admitted. What a great honor it is for you!"（你知道吗，胡特是世界上非常有名的绘画大师，他为你签字，特别录取，而你连报名都没有，这是至高无上的荣誉啊！）

这是程亚杰走出国门后幸运的第一步，仿佛是上天对他的慷慨赠予。

第十五章　胡特大师的东方门徒

如果说，梦断苏里柯夫美术学院只是一个序曲的话，那么，成为奥地利梦幻现实主义大师沃尔夫冈·胡特的东方门徒，便堪称程亚杰欧洲"朝圣"之旅的华彩乐章了。

到了国外亚杰才明白：人类的审美是有共性的。譬如弗洛伊德《梦的解析》中关于性是艺术起源的说法。不管哪个民族，对男人与女人，青春的美，线条的美，乳房的美，姿态的美等等，都是同样欣赏的。又如经典芭蕾舞剧《天鹅湖》，只要老柴那优雅的音乐旋律从乐池一飘起，全世界都会陶醉其中。画家亦然。是否是大师，是否具有国际性，就看你的绘画语言是否是国际的；你的视角是国际的，你的技巧是成熟的，你所表现的审美客体的情感和意念是让全人类共同理解和接受的，那么，你的绘画语言便是国际的，便是一种"世界语"。所谓的"朝圣"，便是要掌握这门"世界语"。

第一次走进胡特"大师班"的教室，亚杰产生了一种近乎眩晕的感觉，仿佛步入了一座玄妙而又未知的艺术世界。胡特的教室是一个空间很大的套间，总共有四间屋子，三间是教室，一间是西厨兼餐厅。其实教室并不神秘，神秘的是他的内心。

胡特第一天没来。

第二天也没来。

第三天还没来。

亚杰这才知道，胡特每周只讲一次课，即每个周五上午十一点至十二点。其他时间，都由他的助教们在现场指导学生作画。

这才叫范儿呢，亚杰心想。

"教授来了！"原本热闹的教室霎时安静下来。学生们从周一盼到周末，终于盼到了心跳的时刻。亚杰也莫名其妙地跟着紧张起来，将脑袋不自觉地藏在画板后面，连呼吸都变得急促了。

"Guten Morgen!"（早上好！）胡特教授向他的得意门生们亲切问候道。

"Hallo，Professor!"（教授好！）学生们全体起立，齐声问候教授。可能因为过分激动，亚杰的声音有些颤抖。

教授依然像他第一次见到的那样威严、帅气和潇洒，依然有一股呛鼻的香水味令人意醉神迷。他的目光未敢与教授直接交流，而是一眼看到他脚下那双擦得锃光瓦亮的皮鞋。国人有句俗话，"脚底下无鞋穷半截"，看一个人是穷是富，穿着是否得体，第一眼是看他脚上的鞋。

胡特的教授方法很特别。他先走到一个学生面前，看看他的画，拍拍他的肩膀，一言不发；又走到另一个学生面前，看看他的画，拍拍他的肩膀，依然一言不发……看完一圈后，教授踱步到第二间教室，往长凳上一坐，学生们围拢过来，就这样，授课开始了。胡特对谁的画感兴趣，就用手指指谁，指到谁，谁就一路小跑，将画架上的画送到教授面前，恭恭敬敬地准备聆听教授"训示"。与国内美术院校的教学方式不同，他的"训示"不是纯技术性的，而是涵盖了某些艺术观念和创作理论。他也会现场演示染色的技巧和肌理效果的制作等。

轮到亚杰时，胡特对这位被自己破格录取的东方青年显得格外语重心长："你的长处是什么？是造型能力强，素描好，作为一个优秀艺术家，这是基本功，是必须具备的。现在很多人已经不具备这个基本功了。仅凭这一点，你就可以走得更高、更远。但这并不意味着你已经是一个艺术家或大师。什么是艺术家或大师？就是掌握一门技术后，要通过它创造出自己的风格来。否则你就是一个匠人或手工艺者。"

接下来，他话锋一转，又对当代中国绘画提出自己的见解："我认为中国的画，东方的画，创作理念（而非技术）是落后的，千篇一律的。每个人都画得跟照片一样，风格也大同小异。如果一幅画画得跟照片一样，照片能表现的东西还要绘画干什么？绘画的目的是什么？绘画不是一味地客观描绘物象，而要付出自己的心智和意识，一定要向读者传达你的情感，你的思考，你的精神，你的血液，也包括你的技巧，总之，是别人不具备的东西……"

"在绘画中，你所设定的一个主题、一种氛围，所有的构思、构图、光线、色彩、技巧，都是为了震撼别人所做的努力和准备。很多画家之所以未成大师，就是

1991年，胡特教授在"幻想画展"

因为没有这么高的境界，只想如何把画画'像'。尽管你画得很像，画得无可挑剔，也不过是一幅不错的彩色照片而已，缺乏感人的艺术魅力。所以，写实并不是绘画的终极目标。至于怎么用变形、象征的手段，增加哪些元素，则取决于画家的人生历练、文化修养、思想见解等综合素质。"

亚杰心想，教授说得真对呀，可过去谁想过这个问题呢？

不料，当看到亚杰从国内带去的调色盘和油画颜料时，胡特震惊了："这就是你作画的材料吗？"他拿起一袋油画颜料，仔细看了看，又用鼻子闻了闻，不禁双眉紧蹙，随即对身边的助教语速极快地耳语了几句。助教随即用手指着一个纸篓，示意亚杰把那些颜料统统扔进纸篓："教授让你到楼下的美术用品商店购买新的颜料和画笔，全部换成新的。快去吧，程！"

亚杰不敢怠慢，飞身下楼到了美术用品商店。一看价格就傻眼了：国产的油画颜料，一袋只卖人民币几块钱，而这里的欧洲名牌油画颜料"伦勃朗"标价三十到五十块钱一袋，还是美金噢！当时美元与人民币的汇率是1∶8，屈指一算，最贵的竟折合人民币四百块一袋！口袋里有没有钱是一回事，舍不舍得是另一回事——总不能在这儿挨宰吧！又不敢违抗师命。犹豫再三，他一咬牙，买了几种在他看来必不可少的颜色：黑、白、柠檬黄、钴蓝、大红、玫瑰红和翠绿。他想以"伦勃朗"为主，再混搭些国产颜料，或许能"蒙混过关"。

回到教室，胡特已经离开，助教给他上了第一课：木板的制作技术。原来，西洋油画的材质通常分木板和画布两种，在木板上作画之前，先要将木板浸泡在水中，用水砂纸打磨

密码1991　80cm×100cm　1991年　维也纳

三十多遍，直到木板又光又平犹如玻璃一般，再用一种高级涂料打底后，才能达到作画要求。画笔也一样。在国内画油画，很少用勾勒细线的衣纹笔、叶筋笔，在这儿却经常用到。作画时，他用一根架杆架在人与画架之间，把胳膊搭在上面，以勾画画面上最细腻的局部。这么复杂的过程，令亚杰充分领教到绘画程序的严肃性，这是他在国内学画时从未遇到的。有了如此耗时耗力的前期劳动，画家怎能不严肃认真地对待自己的创作呢？

一周后，胡特照例在教室里巡视了一圈。走到亚杰画前，他兴奋地称赞道："很好，颜色亮了！"

而他其后的一番话，更令亚杰刻骨铭心："艺术家是人类的精神领袖。为什么呢？人类生活要依靠两大支柱：一是科技，二是艺术。科技是解决人类生存问题的，艺术是满足人类心灵需求的。前者是经济基础，后者是上层建筑。当世界科技高度发达，人们衣食无忧时，对艺术的要求便胜过科技。那么你作为一个精神领袖，你的穿衣打扮，精神面貌，道德修养，就应当与众不同，走在人类的前列。这才叫艺术家。"

亚杰心想，教授说得对呀，你自己都破衣烂衫，胡子拉碴，一副嬉皮士模样，艺术的高雅在哪儿？在自己身上都体现不出的美，如何在艺术中体现呢？还有，人家的调色盘是玻璃的，下面衬上一张白纸，挤在上面的颜色显得既干净又透明；而我们的调色盘像个"大花脸"，上面什么颜色都有，没有纯度、亮度，还美其名曰"高级

灰"。他原想将"伦勃朗"与国产颜料混搭使用的，听了胡特这番话，干脆全部换成了"伦勃朗"。

亚杰深切感到，胡特给他上的第一课便是：艺术就是做人。

继而，胡特开始演示作画技巧了。只见他像一位技艺超群的色彩魔术师，灵活运用手中的画笔，在几种颜料上滴上干湿不等的调色油，将它们逐次挑到画布上，娴熟地揉、染、接，营造出一种丰富的色彩空间；然后助理上前，用一块干净的棉布轻轻一擦，将浮色擦掉，而渗进画布中的颜色留住了。这时，胡特并不急于画第二遍，而是待残留在画布中的颜色干透了，才将第二遍颜色覆盖上去，从而避免了在国内画画时常见的色彩吸油和变灰的问题。胡特的方法是：要把颜色揉在空间里，融入空气中，而不能平摆在画布上，一层层叠加；上面的颜色与下面的颜色要有"呼吸"，要能"对话"，第一遍要做第二遍的"嫁妆"，覆盖上去的颜色不是对下面颜色的否定……经过复杂和长时间的描绘后，画面有如玻璃般光滑透亮，用手一摸完全感觉不到起伏凹凸的笔触。这便是胡特的超薄画法。此前，亚杰只看过荷兰绘画大师伦勃朗的超薄画法，却不知怎么画出的；现在，胡特的演示使他顿悟了，学到了一套高超的用色方法。

"艺术家的责任之一，就是发现色彩的奥秘，并与之沟通交流、谈情说爱。"胡特边演示色彩技巧，边对学生们讲述他的色彩理论："一幅动人的作品，往往是以色调抓住观赏者视线的。而色调营造出的情感，正是画家自身的情感投射。例如冷色和暖色，便给人以不同的情感暗示，左右着人们的喜怒哀乐，搅动着画面的'中枢神经'；邻近色和中间色，以其温和

梦幻之翼
100cm × 100cm
1994年
维也纳

冬天的童话
100cm × 80cm
1994年
维也纳

盛装的鸢尾花　180cm×180cm　2005—2007年　新加坡

的色彩关系，暗示着人物性格的可爱与随和；而对比色和互补色，则把人物矛盾的内心和排斥心理婉转地呈现出来……可以说，色彩在艺术家的情感大戏中，扮演着举足轻重的角色。色彩不仅给人类以某种暗示，同样也给自然以某种暗示。例如黑、白的冰冷和落寞，红、黄的炽热与奔放，都使我们联想到日与月、昼与夜、冬与夏的自然更替等。所以，艺术家与普通人的区别，就是走出被动原始的色彩习惯，把握色彩的功能与规律，能动地驾驭色彩，让色彩自己说话！"

　　原来色彩还有这么多学问啊！亚杰被胡特的色彩理论迷住了。其实，从他学画、尤其是画色彩写生起，便与色彩打交道了。然而直到今天，他仿佛才真正领悟到色彩的真谛，领悟到画家只有学会控制色彩，才能控制整个作品的内容与形式。他又想起弗洛伊德说过的一句话，人的情绪往往与色彩的变化有关。当你开心时，打开窗户，你会感觉阳光明媚，万物更新；当你不开心时，就会感觉阳光刺眼，产生一种压迫感。所以，他会选择在自己情绪较好的时候作画，以在作品中保持一种阳光健康的心态。

　　胡特还建议大家在学好主课的同时，到学校的颜色实验室学习颜料制作，这将有助于他们更好地掌握色彩的生成过程与奥妙。亚杰对此可谓兴味盎然。因为，他内心中隐藏着一个小秘密：如果他能花两年时间，拿下颜料制作与油画保养的学位证书，就有资格毕业后到卢浮宫做世界名画的修复和保养工作，这样，他就可以天天与大师们的旷世之作零距离接触了——那将是何等幸福快乐的生活啊！

就这样，在别人眼中枯燥乏味的颜料试验，却使亚杰宛如进入一个色彩的魔幻世界。实验室内，有一台巨大的磨石机，将天然的石头（矿物质）磨成粉末，然后加入不同成分的天然油料，放入封闭的滚筒中搅拌，生产出的叫"本色"，加入其他颜色的叫"间色"，用烧杯调好再搅拌的叫"复色"。亚杰学得津津有味。他开始大胆想象：如果在作画过程中，融入这种神奇的色彩演变技术，是否会产生意想不到的特殊效果呢？

到了课堂上，亚杰开始在画面上进行试验。有了胡特的"色彩论"和着色技巧，又有了颜料制作的亲身体验，色彩在他手中变得灵动自由、随心所欲，果然产生了一种意外效果，不仅得到了胡特的赞扬，更令同学们困惑不已。从此，他作画时，总有一群人站在他身后，欣赏他的"色彩表演"；他不在时，又有人坐在他的画前，力求破解他色彩变化的妙处。每当此时，亚杰总是有些洋洋自得，心想，你们只看到了我色彩的偶然性，却不知我成功的必然性 —— 与他同去色彩实验室的同学中，全都半途而废，坚持下来的只有他一人。

坚持，难道不是成功的"奥秘"所在吗？

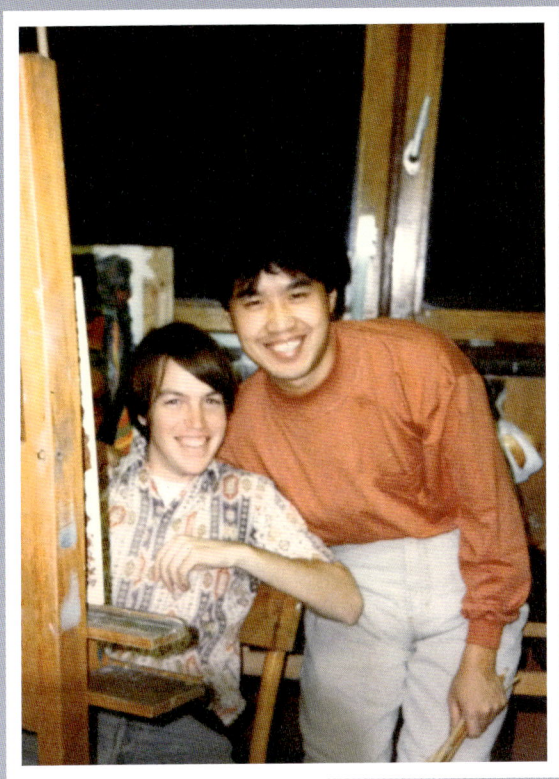

美国小粉丝杰克"卖画"记

　　1991年，程亚杰被奥地利梦幻现实主义大师胡特破格录取，开始了他三年的习画生涯。当时，他的绘画基础在整个维也纳实用美术学校中可谓首屈一指，特别是他的速写，成为同学们争相收藏的作品。坐在他身旁的19岁美国小伙儿杰克，便是他的"铁杆粉丝"。看到程亚杰画一张，丢一张，他感到既困惑又可惜，不禁问道："你干吗要扔呀？""不满意。""怎么才算满意呢？""我留下的就是。""可是，你也没留几幅呀！"这倒是。因为在程亚杰看来，画速写的目的就是练手，熟能生巧嘛，不满意的画扔了，技巧却到手了。"这样吧，你不要的画，干脆我替你保管吧！""好哇，没问题。"于是，以后程亚杰扔掉的速写，统统被杰克收集起来，当作自己画画的"范本"。但没几天，程亚杰便发现杰克开始出售他的速写了，100先令一幅，而且非常抢手。原来，找程亚杰要画的同学越来越多，杰克应接不暇，只好采取收费的办法加以控制。而杰克并不贪财，卖画的钱一分不少地交给程亚杰。作为回报，程亚杰也送了他不少速写作品。三年后，当程亚杰提前毕业离开学校时，杰克难过地哭了好几次。

第十六章　飞跃"天际"，向着美的伊甸园

　　亚杰很快成了班里的"明星"。这不仅因为他是胡特大师破格录取的学生，更因为他的绘画实力，是所有学生望尘莫及的。"是骡子是马，拉出来遛遛"，当初，连胡特也是满腹狐疑地留下他，要亲自观察三个月，才肯收他为徒的。现在，不到一个月，几乎所有人都领略了他超强的写生和造型能力。在胡特"大师班"的对面，有一个现代艺术班。亚杰常去那里串门。现代艺术在欧美国家十分流行，流行程度远超传统的写实艺术。现代艺术的学子们更是天马行空，任想象与意念的翅膀自

1994年，程亚杰于维也纳画室

早春　40cm×30cm　1993年　维也纳　　瞬间　37cm×28cm　1992年　维也纳

由飞翔，谁也看不懂他们画的是什么，想表达的是什么，似乎也不用掌握什么绘画技巧。所以，亚杰的作画过程便成了一种"示范"与"炫耀"：每当他在教室里画人体素描时，这些孩子们便站在他身后，两只眼睛紧盯着他那魔术师般的手，看他手中的铅笔在画纸上"唰唰"地画着，流畅而准确地描绘出模特儿的轮廓、结构和体积。他还画了大量速写。他能在短短几分钟内，寥寥数笔，便抓住人物的形态和神情，造型准确又高度概括。起初，他只当是基础训练，画完就扔，却被周围一群小粉丝们当成范本。

　　"我可以拿走看看，再还你吗？"

　　"当然可以。"尝到了被人崇拜和追捧的滋味，亚杰洋洋得意，慷慨允诺。

画一拿走，就往往肉包子打狗——有去无回了，但亚杰并不放在心上。

但他的一位美国同学杰克却很有心眼儿，这个19岁的黄头发小伙儿不仅崇拜他，而且还想收藏他的作品。

"你不要大手大脚的，让他们花钱买！"美国小伙儿怂恿他说。

"这样好吗？"

"有什么不好，你就说多少钱一幅吧！"

"一个先令吧！"

"开玩笑，太便宜了吧！"

"那你就看着办吧！"

一个星期后，美国小伙儿就卖到了每幅十先令。

无论素描也罢，速写也罢，色彩训练也罢，最终都是为创作打基础的。在胡特的指导下，亚杰开始构思他入学后的第一幅油画创作。

在国内搞创作时，亚杰考虑的多是技术层面的东西，是对自然的复制而非创造。跟胡特学习的最大收获是，学会了"画别人看不到的东西"。其实没有别人看不到的东西，只是被你发现的那个角度一定要与众不同，还要用自己独特的手法表现出来，让人慢慢品读、思考，从中体味出画家对自然和人生的态度和情感。而"情"，正是艺术创作之魂。现在，又回到了胡特关于照相与绘画异同的论述。胡特认为，绘画是主动的，照相是被动的、机械的、技术的；绘画可以重组和改变客观现实，如果再加上画家的幻想，就可将现实中看不到的东西、不可思议的东西艺术地呈现在读者面前，这即是梦幻现实主义的要义所在。

画什么呢？经过一番苦思冥想，亚杰想到了人类的起源。上帝开天辟地塑造了人类的祖先——亚当和夏娃，这是西方绘画最常见的题材之一，许多大师画过，而且多是写实的。其实，亚当和夏娃只是宗教传说中的人物，谁也不知他俩长什么样，那么，我是否可以尝试以胡特的"梦幻现实主义"手法表现呢？这时，弗洛伊德《梦的解析》中的"意识论"，开启了他的创作思维：我们经常会在梦里遇到各种莫名其妙的东西。这些无法解释的形象，也会在潜意识中出现。尽管这些形象支离破碎稍纵即逝，但每每都会激发我们的想象，以及破解未知世界的渴望。所以，他多次将自己奇形怪状的梦境与现实中真实可见的形象进行比对，梳理出一个亦真亦幻，又不违背生活逻辑的形象。这个形象框架搭成后，紧接着就是胡特反复强调的艺术创作之魂：情感。人类的起源，令亚杰联想到类人猿，但将类人猿搬上画面，会过于写实并缺乏美感；几经推敲之后，他将象征人类起源的亚当设定为一个强健完美的黑人形象——一个面向天际的正侧面的黑人的半张脸，只露出鼻子和嘴。这一设定一方面将原始人类理想化，一方面更接近大地的颜色，堪与自然山川融为一体。而上帝创造的伊甸园景色，则是对他学习和生活的音乐之都维也纳的生动诠释：美丽的白天鹅顶起萨尔茨堡的"安乐窝"；色彩斑斓的花蝴蝶，吸吮着维也纳森林中蘑菇散发的芬芳；一对从黑人鼻孔的"鸟巢"里探出头的

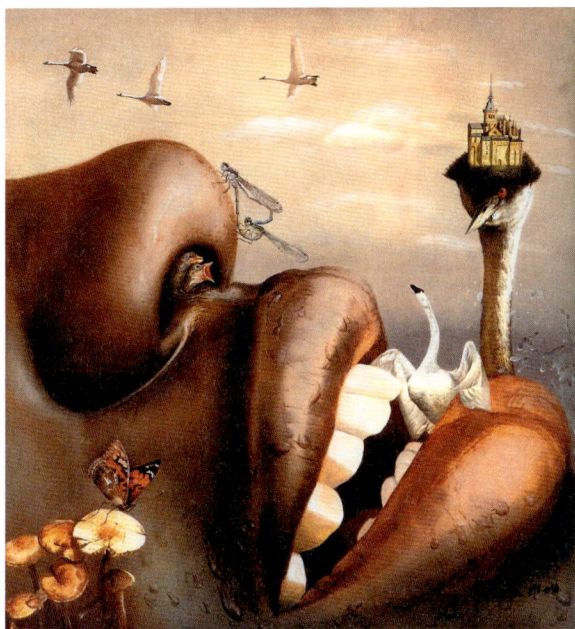

天际
40cm×39cm
1994年
维也纳

小鸟高唱动人的歌谣；一双热恋的蜻蜓，正努力谛造着爱的结晶；蓝色多瑙河掀起的层层浪花，滋润着象征人类祖先的亚当……一切都是那么如诗如画，如梦如幻。亚杰借助胡特的艺术理念，插上弗洛伊德潜意识的双翅，第一次飞跃天际，向着艺术的伊甸园突飞猛进。

一幅名为《天际》的油画诞生了。乍看，它有点儿像超现实主义绘画大师达利的作品，很难说画家没有受到达利的影响；毕竟，这是他的第一幅梦幻现实主义作品，尚带有初出茅庐时的生涩与稚嫩。正因为有了第一步，才有了第二步、第三步，步伐也越来越成熟和稳健。

亚杰这一时期的作品，明显受到弗洛伊德《梦的解析》的影响。在弗洛伊德看来，梦境中的许多物体，都是"性"的象征，如工具、武器、风景等，尤其是长着森林的小山、梯子、桥梁，以及鱼、蜗牛、蛇等，都代表着男子的性器官和性活动。如他的《伊甸园》，从表面上看是一幅描绘细腻的水果写生，无论葡萄、橘子还是石榴，都晶莹剔透，鲜嫩诱人。但在水果之中，却飞翔着一只美丽的小鸟、一只蜷曲在叶子上的蜗牛和一头回眸的山羊，右下角，还"隐藏"着一只仙鹤。造物主不仅创造了人类，同时创造了种类繁多的动物和植物，其中一部分还满足了人类的口腹之需。自然是如此丰富多彩，生命是如此充满奇迹，无疑为画家们提供了取之不尽的创作源泉。而他的另一幅作品《生命之泉》则进一步诠释了生命的奇迹。他画了一个在欧洲街头常见的男子雕像，从雕像张开的口中，源源不断地喷涌出一股清澈的水流，水流成泉，竟引来几条金鱼游弋其间，意趣横生。实际上，亚杰是将男子的口隐喻为男子的生殖器，通过它，人类才得以繁衍，生命才得以延续。因此不妨说，这是一曲生命的赞歌。这一时期，他还创作了《海韵》《灰色记忆》《永恒》《魅影》《舞夜》等描绘女性题材的作品。在这些作品中，他通过对女性胴体，尤其是女性乳房的描绘，表现了人体是造物主的最完美创造这一艺术史上常见的主题，只不过他将这一主题贴上了梦幻现实主义的标签而已。

伊甸园　92cm×108cm　1994年　维也纳

生命之泉　200cm×130cm　1993年　维也纳

第十七章　娃娃、扑克与蝴蝶的交响

经过一段时间的观察，胡特对亚杰的造型能力和绘画技巧已经深信不疑。

"你的技巧已经很成熟了，"有一天在课堂上，胡特微笑着拍拍亚杰的肩膀道，"想想你自己的符号、自己的 Logo，给自己定个位吧！你想得越早，成功越早。不要看什么画什么。这样是被动的。只有带着自己的观念看世界时，世界才会随着你的观念走。"

"是的，教授，您说的很有道理。我希望您能给我一些具体的指导和建议。"

"不不，这不关我的事。我不会给你建议的，你的路要你自己走！"

……

胡特离开后，亚杰沉默良久，认真比较了一下中西两种教育方式的差异。在中国，至少在学习阶段，老师的教育是灌输式的，喜欢的也是"听话"的学生；而西方的教育则是启发式的，并不要求学生服从老师的意志，而是因势利导，尊重个性，鼓励独立思考，充分发挥每个人的潜能。在与胡特的学习中，程亚杰切身领悟到启发式教育的优越性。

那天晚上，他去一位新结识的奥地利朋友家中做客，路过每年举办新年音乐会、享誉全球的金色大厅时，大厅外的宣传橱窗里，一幅维也纳儿童合唱团的演出海报吸引了他的眼球。他观赏过这个合唱团的孩子们的演出。印象最深的是那个唱圣诞歌的天使般的小女孩，用一双清澈的蓝眼睛凝视着老师，她的眼神是那么纯洁、善良、漂亮、可爱，那是一种无以言传的洞穿人类灵魂的美。一个灵感忽然应运而生：胡特的艺术是追求人性美的，而人性，除了男人和女人之间的情与爱，最可贵的即人的纯真和善良。人越老就越不善良，越不纯真，因为历经沧桑，变得老练世故了；只有儿童的心灵是清澈透明的。孩子是不会装的，不懂这个世界还有黑暗和欺诈，成熟以后，那份纯真就回不来了。

于是，亚杰找到了自己的符号：娃娃。这是一个全世界都喜欢的、具有共性的绘画题材，他想。

过了一个星期，当胡特再次来教室上课时，亚杰把自己的想法向老师和盘托出。

"你这个点很好，"胡特用欣赏的目光瞥了他一眼，给出了肯定的回答，"如果你沿着达利的风格（《天际》）走下去，可能会成功，也可能会令人产生误解，觉得有种族歧视的嫌疑，而娃娃没有这个问题。画娃娃，可以表现出你对美好纯真事物的追求。"

确定了画什么，紧接着就是怎么画的问题。例如，画真人，还是画布娃娃？画东方娃娃，还是洋娃娃？这是首先要解决的问题。因为你只要画生活中的娃娃，人们马上会与你的国

温柔的思念
100cm×80cm
1993年
维也纳应用美术学院

黑猫·白猫
80cm×80cm
2006年
维也纳

籍、年龄、世界观和思维方式联系在一起，尤其是他素来对东方美女（包括东方娃娃）情有独钟，这既是一种审美倾向，又是他作为东方人的血缘关系所决定的。东西方价值观和思维方式不同，必然会在作品中流露出本民族的特征。这就难免会使自己的作品打上浓重的东方烙印；而只有选择全世界都喜欢的、带有共性的形象，才可能为更多人所容纳。他想起国内电视荧屏上风行的美国和日本卡通片。从《米老鼠和唐老鸭》，到《铁臂阿童木》《聪明的一休》，无不令孩子们如痴如醉。孩子们为何喜欢动画而不喜欢真人表演的故事呢？除了纯洁、善良、智慧和正义战胜邪恶这类普世价值观之外，恐怕与卡通片在艺术空间上的自由自在、不受约束和造型上的大胆、夸张、变形、趣味性强，有着直接的关系。理顺了这些思绪和关系后，他决定从画洋娃娃开始——像芭比娃娃那样东西方人都喜欢和接受的形象。

利用一个周末时间，亚杰去了一趟威尼斯。从维也纳到威尼斯只有几个小时的车程。下了车，他搭乘一艘渡轮驶向这座举世闻名的漂浮在海上的城市。渡轮破浪前行，一群群海鸥紧随在船尾，欢快地鸣叫着，使这片水天一色的海域充满盎然生机。大约20分钟后，他看到了一幢巨大的圆顶建筑矗立在前方，对面便是著名的圣马可广场。犹如血管般遍布全城的大运河上，漂泊着两头尖翘装饰华美的"贡多拉"，头戴礼帽的水手缓缓摇动着船橹，划破了水中摇曳的倒影。沿河的街道上，不同肤色和语言的游客熙熙攘攘，其中很多人在围观挂满威尼斯面具的流动售货车，这正是亚杰欲"猎取"的目标——创作娃

当巴黎遇上拉斯维加斯　59cm×42cm　2015年　法国、新加坡、美国

娃系列的参照物。

亚杰没有首先观赏杂糅着拜占廷式圆顶、哥特式小尖塔和描绘宗教故事镶嵌画的圣马可大教堂，也没去体味昔时犯人与家属告别的"叹惜桥"，而是一上岸便径直来到一排流动售货车前。车上的威尼斯面具是用塑胶材料制成的，有的还饰有色彩斑斓的羽毛，造型别致，做工精美。他们戴着奇形怪状的帽子，涂着红唇，红脸蛋，表情神秘而诡异，令人不禁忆起好莱坞电影中的欧洲宫廷里的化妆舞会。但流动售货车上没有娃娃玩偶。经过打探，他找到一家专营娃娃玩偶的商店，终于与他想象中的娃娃邂逅了。这些娃娃也是用塑胶材料制成的，但只有脸、手和脚露在外面，全身都被五彩缤纷的华丽布料包裹着，所以称之为"布塑玩偶"更准确。这些可爱的玩偶令程亚杰爱不释手，挑花了眼。但因它们价格不菲，只能择其一二而购之。

返回维也纳，亚杰便开始创作他的娃娃系列"处女作"《威尼斯小宝贝》。画中，他以写实的手法，细腻描绘了一个红唇蓝眸、纯真可爱的"小宝贝"，她斜倚在深棕色的背景中，张开一双小手，像是渴求，又似等待着什么：是母亲甜蜜的乳汁，还是一个温柔的亲吻？任由读者去展开丰富的联想吧。由于掌握了胡特传授的绘画技巧，程亚杰的这一娃娃"处女作"画得颇具西方古典油画的韵味：娃娃那粉嫩的皮肤，紫红色的饰有蕾斯花边的帽子、金黄的上衣、彩条的裤子和颈上透明的纱巾，都被刻画得细腻逼真，富有质感。

《威尼斯小宝贝》的完成，在胡特的"大师班"里引起一阵小小的骚动。胡特再度对自己的东方门徒另眼相看。

威尼斯小宝贝　180cm×130cm　1995年　维也纳

"很好，这就是你的符号，你的娃娃，在技术上也无可挑剔。"沉吟片刻，胡特将话锋一转，又给亚杰泼了一点儿冷水："但你不觉得这样有些单调吗？"

"怎么单调呢？学生愿闻其详。"

"一个符号出来，会有几个符号衬托它，这样才会丰富、完整。譬如小提琴独奏，如果没有其他乐器协奏，你是否会感觉单调？绘画也是如此。"

胡特的话令他脑洞大开。内容单纯不等于手法单纯。伴随着画面主体娃娃的，一定还要配上其他符号，也可称之为"副符号"。那会是什么呢？什么东西能与娃娃相得益彰，体现他想表现的主题：纯真、善良、安详和美丽呢？他忽然想到了蝴蝶。在胡特的画中，花儿与蝴蝶总是相伴相随，宛如仙境，一片太平盛世的景象。

"我觉得蝴蝶可以出现在我的画面上，作为娃娃的协奏曲。"亚杰向胡特征询道。

"哦，为什么是蝴蝶呢？你说说看。"

"人类渴望和平、幸福，蝴蝶就是一种象征。因为第一，蝴蝶是自然界最美丽也最脆弱的生物，不可能在硝烟弥漫的战火中生存，只有在鸟语花香的和平环境中，才能自由自在地飞舞；第二，蝴蝶与蜜蜂一样是无私的，到处采蜜和传递花粉，默默为人类做着贡献，对大自然的生态平衡起着重要作用。它们是美丽、和平、幸福的代表。我认为蝴蝶与娃娃具有一种天然的联系，即纯真、善良的品性，与一个能够保障其健康成长的和平的环境。"

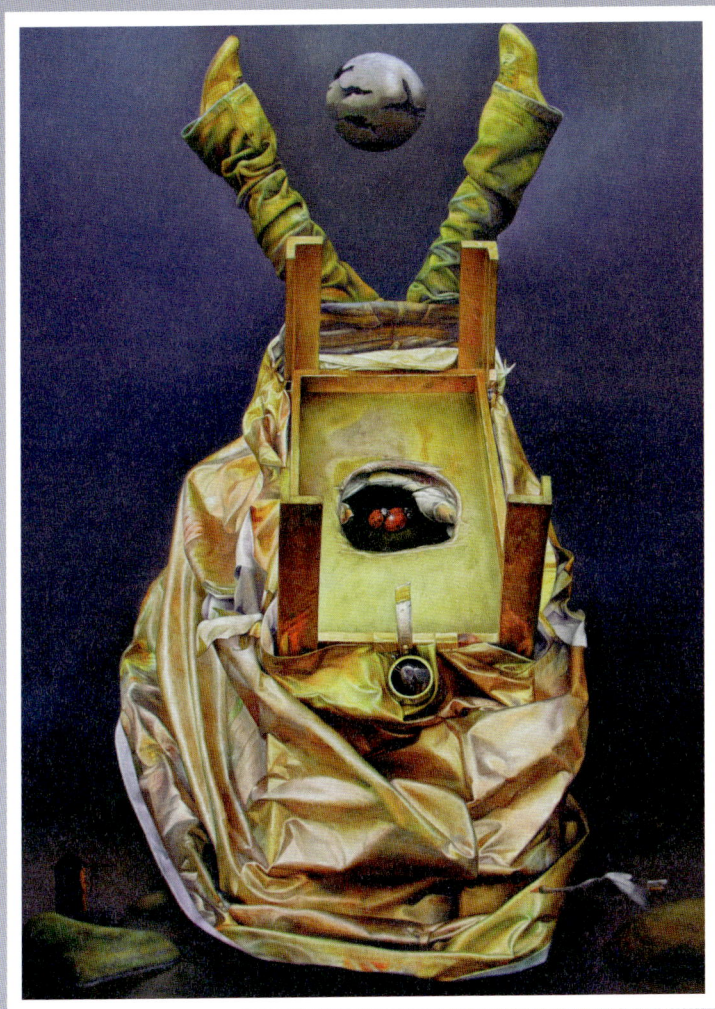

《创世纪》，人是创造世界的"魔术师"

胡特的"梦幻现实主义"，本质上就是要表现现实中不存在的、照片拍不到的东西。梦幻有几种表现方法：抽象的、符号的、写实的。程亚杰的《创世纪》采用的便是第三种，即有三度空间和质感的、对现实进行颠覆和重组的方法。

画面上，一个倒立的人，将自己的上身和头部藏在一把小桌和一块幕布里，只露出一个桌孔和一个镜头，两腿之间，夹着一个地球。仔细观察，还会看到分布其间的甲虫、古堡、大雁、田园。画家通过这样的梦幻画面，想要表现的是，地球上虽有万物生存，人类仍是其灵魂与主宰，西方宗教中所谓上帝创造的伊甸园，仍是由人来支撑的。人类就像"魔术师"，创造着丰富多彩的物质世界和精神世界，而变魔术是需要遮挡的，就像画面中表现的那样；又像过去的照相师，用座机拍照合影时，需要用黑布蒙上脑袋一样。因为镜头中的影像是倒着的，所以画面中的人也被处理成倒立式。画家用古典的手法、现代的创意、胡特的梦幻，实践着自己的创作理念：多数画家是再现现实，他要创造的是想象中的现实。

亚杰一口气说出这番话，连他自己都有些意外。一旁的同学们则为他鼓起掌来。

"很好，你说得很对，我赞成你把蝴蝶加进去！"

于是，在他后来创作的许多娃娃作品中，经常会出现蝴蝶、花瓣、金鱼、飞禽等"副符号"，作为对画面主体的补充和"协奏"。这些符号一般是置于背景和阴影的部分，乍看并不醒目，绝不喧宾夺主，而这正是象征和隐喻作用所需要的手段。

他的另一个"副符号"是扑克。早在青少年时代，他便对魔术中的"手彩"产生了浓厚兴趣，而这种"手彩"最常见的道具就是扑克。来到维也纳后，他除了向胡特学习之外，另两位绘画大师克里木特和白水亦对他产生了一定影响。他喜欢克里木特的带有装饰意蕴的人物造型和明快亮丽的色彩，在他的一些抽象作品中，曾尝试借鉴类似的造型元素。而当他来到著名的白水"怪屋"，远看那些用瓷砖拼接而成的图案，感觉他的抽象符号中具有一种倾向、一种不规则的扑克牌中的黑桃。他想，这个黑桃可以成为自己画中的"副符号"。但单独一个黑桃并不好看，所以又糅合了克里木特的色彩构成。

有了自己的艺术"符号"，他感到眼前的路一下豁然开朗了！

第十八章 《我的宝贝》，使他名扬欧洲画坛

以胡特为代表的梦幻现实主义画派，强调使用具象的、色彩华丽描绘细腻的绘画语言，营造一个亦真亦幻、充满浪漫想象的世界。在与胡特学习的过程中，亚杰很快消化和掌握了恩师的理论，但在研读他的作品时，却产生了相当的困惑。胡特对色彩、对花卉、对人体（包括他画得较多的女性乳房）的理解和表现完全是西方的，其精神境界与我们完全不同。如何在东西方文化的巨大落差中，寻找到一个平衡点、契合点呢？换言之，作为一个华人画家，能否用一种东西方都能接受的"世界语"，来表达他的理想和信念呢？亚杰又想到了维也纳少儿合唱团。这个团的孩子们去过北京，在人民大会堂演出过；而世界三大男高音歌唱家之一的帕瓦罗蒂，也曾在天安门广场一侧的中山公园举办过演唱会。能否将这两件文化活动联系在一起，表达改革开放以来，中外文化交流的繁荣景象呢？构思成熟后，他开始在画布上起稿了：以对角线式的构图，先在左下角画了一只肥胖的毛绒绒的老胖鸭玩具，张开大嘴歌唱着，从它嘴边飘出几个透明的音符；又在右上角一个心形图案里画上天安门，一群天真稚气的布娃娃围绕在心形图案周围，黑色的背景上飘着音符、蝴蝶与花瓣……欲告诉观看他作品的人：老

手足情深
70cm×88cm
1994年
维也纳

我爱北京天安门
120cm×120cm
1995—1996年
维也纳

胖鸭就是帕瓦罗蒂，布娃娃就是维也纳少儿歌唱团的小团员们。他给这幅作品取名为《我爱北京天安门》。这是他从小就会唱的歌，在中国十分流行。不妨说，身在异国他乡的亚杰的创作灵感，在很大程度上得益于他在国内生活的积累——尽管他采用的是西方油画的技巧，以及梦幻现实主义的创作方法。

"当你看着我的画，刚开始你只会看到表面的形象，却不知道画面背后的故事，"亚杰对他的画伴们说，"比如这幅《童年的梦》，画面下方是一双成年人的手，它应属于一位气质优雅的母亲，用手捧着画面中心一只可爱的熊宝宝，熊宝宝的四周，散落着一些小玩具、树叶和棒棒糖，仿佛正在追忆无忧无虑的美好童年。但童年不仅有美好。比如《掌上明珠》，我画了一个倒立的孩子，有点儿为所欲为的样子；围绕在他身边的都是好吃的甜蜜的食物，从巧克力到棒棒糖。为什么会这样呢？因为作为独生子，他们从小被父母娇生惯养，是家庭里的小皇帝。我想通过这幅画，表达我对中国少年儿童成长环境和教育方式的忧虑和质疑。"

时光如白驹过隙，转眼间到了1994年春，一个迟到的消息令亚杰有些沮丧：欧洲画坛有个著名的SHEBA大赛，面向全欧征集作品，而维也纳实用美术学校是大赛组委会收件处之一。据说，当年法国印象派大师莫奈、雷诺阿、希斯莱等因画风前卫而被传统的SHEBA大赛拒之门外。这是欧洲顶级大师的资格赛，是证明一个画家实力的难得机遇。这么重要的信息居然被他漏掉了！等到他心急火燎赶到大赛收件处时，被告之报名已经结束，参赛作品也已收齐，无力回天了。但亚杰特别想参

童年的梦
100cm×80cm
1996年
新加坡

掌上明珠
120cm×95cm
2007年
维也纳

恋曲2010　90cm×70cm　2001年
新加坡

踏浪　100cm×80cm　2007年　新加坡

叶公好龙　120cm×95cm　2007年
新加坡

梦蝶　41cm×35cm　1994年　维也纳

加，于是，他连夜跑到他新结识的一位奥地利朋友沃尔夫家中。

确切地说，沃尔夫是亚杰作品的收藏者。原来，亚杰在学校期间，便已小有名气，曾在维也纳的画廊举办个人画展。收藏他作品的不仅有当地人，还有意大利、瑞士、德国、美国和台湾的收藏家。沃尔夫便是其中之一。说明来意后，沃尔夫问："你想参赛，有现成的作品吗？"

"是呢，我差点儿忘了，我还没准备作品呢！"

"什么？你不是开玩笑吧？我劝你还是放弃吧！"

"我真的是特别、特别想证明一下我自己！"

交谈间，沃尔夫的女儿，一个栗色头发、皮肤白皙、活泼可爱的小姑娘在屋子里跑来跑去，与一只黑白花的小猫捉迷藏。亚杰忽然灵机一动，想起 SHEBA 大赛的赞助商是一家猫食品公司，如果画一幅女孩与猫的油画，一定会引起评委们格外关注的！

"有了，我就画您女儿和这只小花猫吧！"

"不可能，她怎么可能给你做模特儿？而且，也不是一天两天能画完的，根本不赶趟啊！"

"您知道，我的写生能力很强，可以试试看。我明天上午准备画材，中午赶过来，让她能坐多长时间就坐多长时间，她不在时我还可以默写！"

"好吧好吧，真拿你没办法！"沃尔夫耸了耸肩，一脸无奈。

翌日中午，满头大汗的亚杰一手提着画箱，一手提着绷好画布的画框来了。一见面，就送给女孩儿一盒"莫扎特"牌子的巧克力。女孩儿身穿一件彩点的上衣，头上勒着一只精致的

我的宝贝　60cm×80cm　1993年　维也纳

发卡，显得既纯真又可爱。她忽闪着蓝色的大眼睛，给了叔叔一个甜甜的谢意。

　　"好了，让叔叔画吧！"沃尔夫将早已准备好的一把木椅搬到女儿屁股底下。

　　"来，抱上你的小猫咪！"亚杰提醒女孩。

　　女孩起身去抓她的小猫咪。亚杰乘机将画架摆好，打开画箱，把颜色挤在调色板上。

　　女孩抓来猫咪，搂在怀里，轻轻摩挲着它背上的毛；一会儿，又好像怕它跑掉似的，右手压住猫屁股，左手揽住它的前腿。程亚杰凝神屏息地观察着，发现她有一个好姿势时，迅速用画笔确定位置，勾出大致轮廓。但女孩儿天生好动的性格，使她不可能长久保持一种姿态。加之她身上的猫也极不老实，不断挣脱束缚四处逃窜，然后女孩起身追赶，亚杰便只好凭着记忆默写。就这样反反复复多次。两小时后，人物形象初见端倪，色调也已铺出，需要深入刻画了。他便让女孩重新落座，摆好姿式，一边与她聊天、逗她玩，一边细心收拾画面，由粗到细，从整体到局部，直到"画龙点睛"，描绘出人物的表情与神态。不到半天时间，这幅名为《我的宝贝》的油画便告完成。

沃尔夫看傻了。他万万没有想到，画家在这么短的时间里，就完成一幅构思完整、形象鲜明、色彩丰富、技巧娴熟的油画，乍看，完全不输那些写实主义的欧洲名画。

转天，亚杰兴冲冲将尚未干透的《我的宝贝》送到学校的SHEBA大赛组委会收件处，工作人员照例在惊讶之余，不无遗憾地告诉他：参赛作品已经封档，没办法给他"加塞儿"了。亚杰心想，我辛辛苦苦画出来，画得又这么好，总不能拿回去吧？于是，他从收件处取了一张参赛登记表格，填好，放在已经封档的档案袋的表面，把被拒之门外的画作随手放到走道上，头也不回地大步离开了。暗忖，管它呢，听天由命了！

一周后，大赛结果公布，亚杰又一次爆出冷门：他校友的参赛作品全部落选，只有他的《我的宝贝》榜上有名。胡特兴高采烈地搂着自己的得意门生，热情地亲吻他，称赞他，因为他也是全球华人中唯一的SHEBA大赛入选者，给学校和老师争了光！

很久很久以来，亚杰内心中一直有个不解之谜：究竟是谁从楼道里发现他的作品，并使它入了评委们的法眼？不管怎样，他又一次在冥冥之中，感到了上苍对他的偏爱和犒赏。

荣誉接踵而来。《我的宝贝》不仅被收入 SHEBA 大赛入选作品集，而且代表维也纳参加了为期一年的欧洲巡展，亚杰也成为维也纳著名画廊"勒哈"的签约画家。仿佛一夜之间，一颗亚裔明星在欧罗巴的美术星空中冉冉升起。

"勒哈"画廊位于维也纳一区一幢巴洛克式楼房里。与国内画店不同的是，它平时是不对外开放的，而是每个月组织一次有社会名流参加的豪华 party。作为画廊的签约画家，亚杰第一次参加 party 时，宛如走进一个好莱坞电影拍摄场地：色彩迷离、若明若暗的灯光下，应邀出席聚会的各界嘉宾们，男

欧洲 SHEBA 大赛评委，1993 年，于维也纳

《我的宝贝》一画中的小模特就是这位奥地利藏家的女儿，1994 年，于维也纳

人一律西装革履、一派绅士风度，女士则一袭露背装，真空上阵，珠光宝气，香味宜人。在维也纳顶级乐师的小提琴四重奏的美妙旋律中，俊男靓女们三三两两，交头接耳，觥筹交错；著名摄影师则在红地毯、鸡尾酒和欧洲名牌间穿梭往复，记录下一个个精彩的活动瞬间。这哪里是画廊，分明是上流社会的交际场嘛！亚杰心想。但是，身处其中，人的品位自然会得到提升。一个艺术家，读书固然重要，画画固然重要，而学会与人打交道同样重要，同样是一种文化滋养。

此时，他的画已卖到每幅六万至八万美金，已经有了颇高的身价，多卖与少卖已经关系不大，而如果不画则会失去快乐——创作，已成为他生命中最重要最不可分离的一部分。

第十九章　为新加坡"国父"李光耀画像

就在亚杰的事业如日中天时，一个现实的生活问题开始缠绕着他：女儿的读书问题。1994年，程亚杰在维也纳站稳脚根后，顺利将太太和女儿接到维也纳。奥地利是一个德语国家，学习德语难度较大，于是，亚杰夫妇便希望为她寻找一个能讲国语的地方。备选地有香港、台湾、新加坡等。征询亲朋好友的意见后，夫妇俩倾向于被誉为亚洲"四小龙"之一和"花园城市"的新加坡。在亚杰印象里，新加坡虽好却地处热带，在四季分明的温带生活惯了，能否适应终年炎热的气候条件，需要亲自去体验体验。这时，他想到了一位新加坡朋友刘先生。几年前，他在国内从事建筑室内装修时，在天津宾馆结识了做冷气设备的刘先生，并产生了一些业务往来。刘先生是新加坡一家冷气公司驻津办事处代表，时隔已久，不知刘先生是否还在天津？他抱着试试看的态度拨通了办事处电话。

"喂，你好，请问刘先生在吗？"

"我就是呀，你是哪位？"

"听不出来了？我是程亚杰，现在在奥地利呢！"

"噢，我说你怎么失踪了，原来出国镀金去了！"

"哪里，是学习来了。有件事想咨询你一下，我女儿出国留学，想找个有国语环境的地方，你觉得新加坡怎样？"

"当然好啦，新加坡是世界上最美丽的国际大都市，华人多，文化传统与大陆接近，又是用英、汉双语教学，比香港和台湾更有优势。"

"那个地方热不热？"

"热是热点儿，不过习惯就好了。"

"那好，你能不能给我介绍一个朋友，我准备到新加坡亲身体验一下。"

"没问题，我有个哥们儿，姓司徒，我把他的电话告诉你，让他到机场接你！"

"太好了，太感谢了！"

从维也纳飞到新加坡，大约用了十个小时。虽然飞机上通报了机场的地面温度，又脱掉了外套，走下飞机时，亚杰仍感觉一股热浪扑面而来，像是钻进了一只大蒸笼。走出机场候机大楼时，他迅速扫视了一下大楼出口处接机的人群，远远地看到一个身材瘦小的中年男子，用双手高举着一个纸牌，上面用毛笔写着"程亚杰"三个汉字，他的心才踏实下来。寒暄过后，两人上了司徒先生的一辆银灰色面包车。面包车开到一个叫大巴窑的地方，面前是一片政府"组屋"，是专门为低收入家庭建设的住宅小区，周围绿草如茵，设施齐全。亚杰将行李箱放在地上，司徒将车开走寻找停车位的几分钟里，一个惊悚的场面出现了：不知不觉间，他身上竟爬满了蚂蚁，把他腻味得够呛，一面慌忙躲闪，一面用手驱赶着。从维也纳到新加坡，他的心理产生了巨大落差，感觉自己仿佛从城市回到了乡村，不觉鼻子一酸，掉下几滴眼泪。（后来在新加坡定居后，程亚杰亲眼目睹了这个国家日新月异的巨大变化，并深深爱上它；而在当年，在他眼中，至少在文化方面，这里与欧洲相差太远了，真正唯美的、浪漫的、时尚的、高品质的东西，还在欧洲。）

亚杰的尴尬表现令停车后返回的司徒先生未免有些诧异。

"太可怕了，这里蚂蚁真多呀！"

"没事的，它们可能是欢迎你吧！"

帮亚杰安顿好住处，司徒才撤，并约好明天带他出去逛逛。

第二天，亚杰在司徒的引导下，观赏了新加坡的象征——鱼尾狮雕塑，在它背后，便是新加坡的地标式建筑中心商务区的高楼大厦了。随后，司徒开车带他在城里兜风，面前掠过的是整洁的街道、林立的商铺、婆娑的绿树、蓝色的海景和各色的人流——华人、马来人和印度人，以及来自世界各地的游客们，新加坡多元文化的特征尽收眼底。

围绕新加坡转了一圈后，司徒问他："你还想去哪儿看看？""你们这儿有没有艺术的集中地，比如说画廊什么的？""有哇，我带你去一个地方吧！"

面包车在一幢名为"先贞坊"的大楼前停下来。大楼的一、二层为商店，三、四层皆为画廊。乘电梯登上三楼，亚杰走进第一家画廊：高峰画廊。画廊的壁上，悬挂着几幅中国水墨画；一架紫檀木的多宝格里，陈列着一组宜兴的紫砂壶。画廊老板是个颇有书卷气的中年人，鼻梁上架着一副金丝眼镜。起初，他以为程亚杰是个收藏家，便主动上前搭讪。

"先生喜欢哪幅画？"

"我喜欢画画。"

"噢，先生是画家，好好，请坐！"随后拨通了一个电话。很快，便有侍者端来一盘广东茶点。二人边吃边聊。

"先生在哪里高就？"

"没有，我还在维也纳美术学校学习呢。"

"先生有作品吗，能否欣赏一下？"

"好的，没问题。"

亚杰转身从背包里取出一本相册，一页页翻着请画廊老板看。

"哇，画得真好啊，"画廊老板大感意外，一双不大的眼睛瞬间睁圆了，"你知道吗，我有位朋友是政府官员，听他说，政府正在给'国父'李光耀先生征集画像，已经有几个国家的画家参加，画出的肖像他们都不满意。我看你绘画水平这么高，一定能胜任的！"

其后发生的事情，就像上天安排好的一样，画廊老板向他的朋友、一位新加坡政府部长引荐了亚杰，部长饶有兴趣地欣赏了亚杰的作品，然后向他讲述了为李光耀先生画像的初衷和意义："如果你有兴趣，我们可以为你提供一切方便条件和相关资料。"

方便条件之一，是部长带他会见李光耀。亚杰明白，像李光耀这样的世界级领袖，是不可能乖乖坐在那里给你当模特儿的；画家只能在会见过程中静观默察，观察他的音容笑貌、言谈举止，捕捉其性格特征和第一印象，并将其完整地储存在大脑的"硬盘"中。

　　方便条件之二，是部长为他提供了丰富、完整、翔实的有关李光耀的图文资料，包括他各个时期的讲话录音、光盘、影视和书籍等，还破例让他走进一般人不能进入的地方，如总理府等。在做足了创作前期的"功课"后，程亚杰才开始构思画面。

　　这是一个艰难的创作过程。相较使他入选欧洲绘画大赛的《我的宝贝》，为李光耀画像要难得多：前者是写生，后者是创作；前者画得轻松，只用了三个小时，后者画得沉重，耗时三个月；前者是对一个普通小女孩的观察和描摹，后者是对一位世界级领袖的思考与理解——包括他所缔造的国家，他的执政理念，他在人民心中的地位等。基于此，亚杰在构思过程中，并未像传统的人物肖像画那样，仅仅描绘主人公的个人形象，而是在主人公背景（恰恰在他肩部）的位置，设置了几组普通百姓的形象：他们正沐浴在阳光下，幸福、和平地生活着，使领袖和人民之间，存在着一种巧妙的内在联系，从而赋予作品强烈的象征意义和深刻内涵。

　　在人物形象的刻画上，亚杰通过胡特的言传身教已认识到：画人，不能简单地追求"形似"，所谓"像"只是基础；画人，最难的是"神似"，是表现人物的精神和气质，选取的角度、动作、神态都必须是最典型的。生活中的李光耀威严，不苟言笑，颇有领袖风度；但当他与人民在一起时，又表现出一种慈父般的长者风度。所以，他将笔下的李光耀处理成稍稍俯身的角度，一头银发，衣着休闲，微笑的脸上洋溢着从容、自信、慈爱的神情，形神毕肖，栩栩如生，十分具有亲和力。

　　三个月后，当部长将画像送到李光耀手中时，老人家非常

1995年，程亚杰于新加坡
为李光耀画像

喜欢，当即将画像悬挂在自己办公室的墙壁上。李光耀肖像画
的问世立刻成为新加坡各大媒体的头条新闻，《联合早报》《新
明日报》《联合晚报》《海峡时报》等纷纷予以评论和报道，新
加坡电台还连续播出了介绍亚杰艺术经历的专题节目。

回到维也纳，亚杰在教室见到胡特，被问起新加坡之行的
感受。

"你觉得那个地方怎样？"

"在文化上当然远远不能与欧洲相比，但那里的华人多，
孩子到那儿读书不会遇到语言问题。"

"不不，我不这么认为。你画得这么好，画风已经西化了，
看不出是中国人画的了。中国的绘画跟照片一样，千篇一律，
到了东方，人家不承认你是中国画家；你说你参加过SHEBA
大赛，人家也不承认，因为从没有中国人参加过。你在这边已

经如鱼得水，跻身名家行列，仅仅为了孩子读书就离开，你不觉得是你人生中的一大遗憾吗？"

　　胡特的话使亚杰陷入痛苦和纠结中。平心而论，他能走到今天，从风云骤变的莫斯科来到世界名城维也纳，误打误撞有幸成为奥地利国宝级画家胡特的学生，又因为一幅《我的宝贝》入选 SHEBA 大赛，在欧洲各国巡展，与著名画廊签约，这可是画家们毕生追求的荣耀啊！再说，由于他的声名鹊起，已将一大批"粉丝"聚集于自己身边，与他学画，与他交友。他曾对人炫耀说，在维也纳，他有60多个"太太"，60多家餐馆可以免费为他提供用餐——她们都是他的学生，每周上一次绘画课，也是免收学费的。"就是宠着我，也是一种快乐。"他说。

反观新加坡，他画李光耀，尽管李光耀很喜欢，媒体很追捧，毕竟不是学术成就，而学术成就对一个艺术朝圣者而言，无疑更具诱惑力。但转念一想，如果留在维也纳这个经历过几百年历史沉淀的名城，能容得下你一个外来青年一夜暴富吗？能容忍你成为一个比大师还贵的画家吗？美术史上能有你的地位吗？从学术角度讲，还有一个如何继承胡特衣钵的

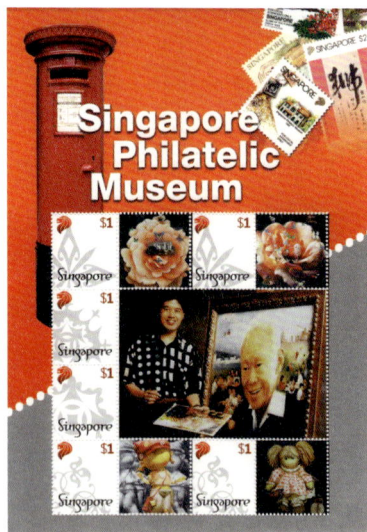

新加坡为程亚杰作品出版邮票

问题：老师画的是装饰风格，色彩是平面的；自己画的是古典油画风格，色彩是三度空间的，画风离老师太近了不好，太远了也不好。

正在他犹豫不决时，"狮城"向他张开了双臂。由于他的新加坡之行，由于他成功地为新加坡"国父"画像，如今的他已成为新加坡炙手可热的人物。与他打过交道的官员热情动员他到新加坡定居，东南亚有名的国际连锁酒店老板、医生、画廊和收藏家，也有意收藏他的绘画作品。作为一个善于吸纳世界各地杰出人才的国度、一个跨越东西方文化的桥梁与交界点，自然会对亚杰产生巨大的吸引力。而新加坡之行，是他人生观与世界观的转折点。从国内到欧洲，从欧洲到新加坡，他所经历的不是环境和气候的变化，而是人的精神状态的变化。这一点，他在创作李光耀画像时便体会到了。他将国家领袖与背景上的人民联系在一起，本身便是对这种社会体制的认同与讴歌。在亚杰的印象里，新加坡的儒家文化及传统伦理道德观念，继承得比大陆还要好、还要纯正。它不仅是一个繁荣富强的国家，又是一个遵纪守法、社会秩序井然有序的国家。这里不仅城市干净，官员也廉洁。这里重视家庭，人与人之间关系和谐。如果把女儿送到这样一个环境里接受教育，对她的成长无疑是大有裨益的。

亚杰决心已定，胡特便不再阻拦，不但不阻拦，还让他提前两年毕了业。

如果说，从莫斯科到维也纳，是他欧洲朝圣之旅的第一次幸运选择的话，那么，落户新加坡则是他第二次幸运的选择。

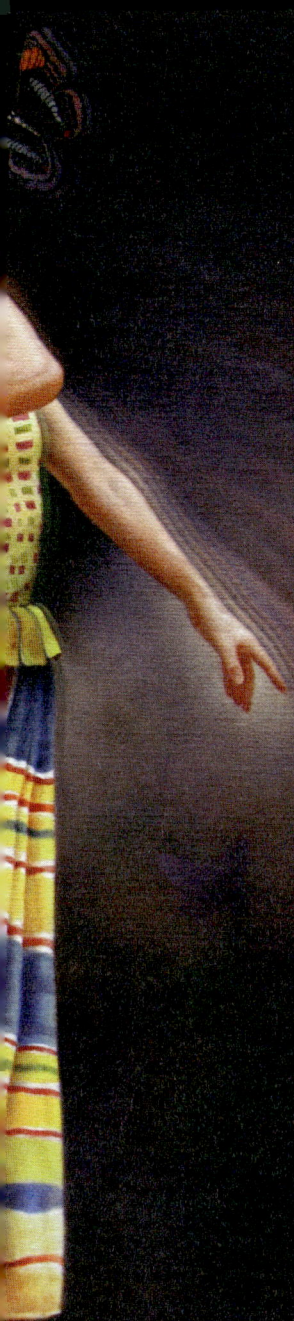

Chapter **4**

第四卷　登顶

（1996—2016　新加坡）

艺术与科学，与一切伟大而美好的事物一样，属于整个世界。

——歌德

第二十章　绕着地球飞了半圈，落户到南洋

　　绕着地球飞了半圈，程亚杰从中欧来到南洋，一个他并不熟悉的地方——"狮城"新加坡。飞机即将在新加坡降落时，他透过舷窗俯瞰着晴空下碧蓝的大海，以及海上星星点点的各类船只，对未来将要生活和工作的这片新天地产生了一种期待与向往。凭着他读书时有限的世界地理知识，他知道亚洲"四小龙"之一的新加坡，位于马来半岛的最南端，北与马来西亚为邻，南与印尼隔海相望，而扼守太平洋与印度洋咽喉的重要海上航道——马六甲海峡，便属于新加坡的行政辖区之内。新加坡的国土面积只有600多平方公里，人口不足600万，比弹丸之地的香港还要小。但它所创造的经济社会发展模式和爆发出的巨大能量，却令全世界刮目相看。

　　虽然已不是第一次来新加坡了，他仍对这座热带花园城市的风土人情充满好奇感。早就听说新加坡有着近于严苛的法律制度，对各种违法违规者必施以重罚，包括令人闻风丧胆的鞭刑。但他在路上和社交场合遇到的，都是笑脸相迎、彬彬有礼。"您好，需要帮助吗？""请多多关照！"就连警察向违规者开具罚单时，脸上都是笑眯眯的，毫无其他地方警察的冷峻与霸气。"是否遵纪守法已经成为新加坡人的自觉行动，执法

者已无须剑拔弩张了呢？很好，至少我和家人不用为安全问题而担心了。"他想。

从欧洲的心脏来到新加坡，亚杰曾有一种莫名的失落感，就好像从城市来到了乡村，从世界文化中心来到一片文化的沙漠。所以上一次降落在新加坡机场时，他曾难过地滴下眼泪。现在，既然已经决定在这里"落户"，那就入乡随俗吧。

到新加坡的最初几天，适逢当地一年一度的传统节日"艺穗节"。亚杰作为新加坡最新引进的文化精英，以特邀嘉宾的身份出席了"艺穗节"开幕式。"艺穗节"分为"现场表演"和"视觉展览"两大单元。在表演现场，他欣赏到了来自不同国家和地区的艺术团队表演的现代舞蹈和戏剧节目。坦白说，这些表演不像在欧洲看到的芭蕾和交响乐那么高雅和专业，表达的主题也相对比较陌生，如"活着是为什么""谁创造了历史与社会""为何人生和宗教信仰有关却很难说清楚"的问题。在"视

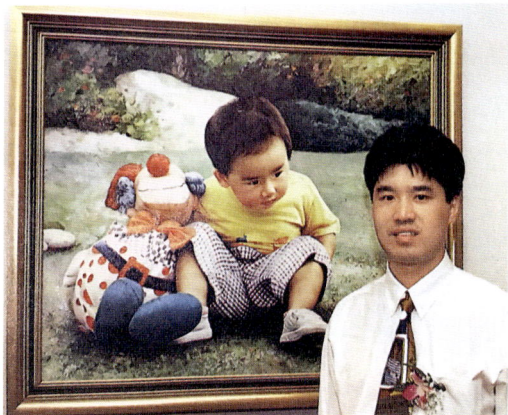

1994年，程亚杰应邀参加新加坡"艺穗节"

觉展览"部分，同样来自不同地方、风格迥异的绘画、摄影和装置艺术，倒是更容易与他产生撞击与共鸣。"艺穗节"还组织了一次慈善义拍活动，他的一幅现代主义风格的油画被新加坡名牌企业"大华酱油"董事长以高价购得，所得款项当场全部捐出，令"艺穗节"组织者和收藏家对他肃然起敬。

义拍会结束后，一个身穿花格衬衫、蓄着两撇小胡子的中年人走到他面前，一面递上自己的名片，一面大声寒暄道："久仰了程先生，我看过你画的李光耀像，画得太好了！"

"谢谢夸奖。"亚杰从名片上得知他是印尼一家大企业的老板，便问："有什么需要我做的事情吗？"

"当然有了，您看我这副尊容，能入您的法眼吗？"

"这么说，您是想让我为您画像？"

"Yes，如果您不讨厌我的话。"

"哪里，当然不。"

1994年，新加坡"艺穗节"上林勋强部长为程亚杰颁奖

程亚杰被请到印尼富商的豪宅，对方老老实实给他当了两天模特儿。画像即将完成时，印尼富商忽然提出一个额外要求："程先生，您画得的确很好，很像，只是显得老了一点……您看我额头上的两条皱纹能否去掉？"本来，富商与他谈好的条件是十万美元酬金，如果去掉一条皱纹，则给他追加一万，去掉两条，追加两万。

"这样恐怕不妥，"亚杰有些为难地说，"我可以把您的皱纹，甚至您眼角的鱼尾纹画浅一点儿，但不能去掉，因为去掉反而不好看、不像您了。"

印尼富商仍不死心，特意从相册中找出一幅年轻时的照片，意欲以此作为参考。这令亚杰很不开心。但事已至此，只能顺从他了。意想不到的是，被"年轻化"的印尼富商的画像甫一摆到客厅，便遭到富商太太的好一顿奚落："呦，这画的是你呀还是你儿子？要是你，冷眼看还有点儿像，仔细看，越看越不是你！"

印尼富商颇为尴尬，只得皮笑肉不笑地回应："太太莫要挑剔，画的是我年轻时的肖像，总可以了吧！"

因为这次不愉快的经历，亚杰从此谢绝一切画像邀请，理由也相当充分：我已经画了新加坡"国父"李光耀，没有同等级别的人物，对不起，免谈！

亚杰名气越来越大，找他买画的人也越来越多。作为奥地利梦幻现实主义大师胡特的高足，他的绘画风格并未随着地域的变迁而发生变化。这一时期，他画得最多的仍是梦幻现实主义风格的娃娃系列作品、世界风景及古典建筑作品。所不同的是在一些作品的题材内容上有意识地对应了新加坡多元文化特征和当地的风土人情。

在新加坡久居之后亚杰发现：当今东南亚与中国最大的不同，是传统文化保持完好。他曾徜徉在新加坡老城，观赏那里五颜六色、中西合璧的百年"店屋"，融合着中华与马来文化的"峇峇房"。据说，当年郑和七下西洋，五次穿越马六甲海峡，一部分船员留在这里，成为最早的原住民。那"把门"的石狮、木雕的窗棂和室内摆放的明清家具、青花陶瓷，无不传承着华夏文明之光。中国的传统文化在"文革"中被当作"四旧"扫除了，发生了断裂与扭曲；而在东南亚，儒家文化、传统的伦理道德观念，在社会生活的各个层面均烙上深深的印痕。最早收藏亚杰作品的是新加坡一家跨国酒店集团的老板。他最喜欢亚杰的花卉。开始是玫瑰，后来是牡丹、荷花，寓意富贵吉祥，前程锦绣。而在总裁办公室，则要悬挂一幅山水，寓意身后有"靠山"。最常见的绘画题材还有象征富裕生活的鱼，这与中国民间年画中的"连年有余"可谓异曲同工。画面中出现的鱼通常为六条、八条、九条（忌画四条和七条），皆为吉祥数字，取其"六六大顺"和"发""久"的谐音。其次便是渗透着宗教信仰和民族符号的画面。新加坡是一个多种宗教信仰和谐共处的地方。他经常在收藏家朋友的陪伴下，去教堂祈祷、佛堂进香。他甚至在研究易经的"大师"身上，学会了看风水。在欧洲，他除了绘画外，还选修了建筑设计，主要研究的是建筑的结构、风格等；而在东方，建筑的环境、风水、朝向、家具的摆放等都是有讲究的。正是由于见多识广，对东西方不同审美

黑马　120cm×120cm　2005年　新加坡

环球企都　200cm×150cm　2006年　新加坡

理念的融会贯通，才使他的绘画语言具有了国际性。什么是国际性？在他看来，就是对国际文化，包括文学、绘画、音乐、建筑、服装等艺术门类的综合认识和理解。唐诗，西方人看不懂；要懂，必须了解唐诗产生的历史背景。现代人懂的也不多，真正懂的，一定是古文造诣比较深的人。"红酥手"，描写女人的手娇嫩、柔美；"遥知不是雪，为有暗香来"，比喻的也不仅是花香……在这些方面，你看得越多，懂得越多，眼光就越高，境界就越高，就越能用"世界语"与公众对话。在新加坡，人们看不出他的画是中国人画的，还是外国人画的，便是一个鲜明的例证。

在维也纳时，亚杰不仅从胡特身上学到了艺术，也学会了怎样做人。无论在西方，还是新加坡，做人必须遵循的一个基本原则，便是诚信与契约精神。随着亚杰声誉日隆，身价倍增，在他身边，逐渐聚集了一批收藏家。他们之中除来自新加坡本土之外，还来自东南亚的印度尼西亚、马来西亚、中国香港等地；按职业划分，则包括世界连锁酒店老板、医生、律师、房地产商、烟草商、粮食和食品加工业业主等。他们之中，真正懂画的并不多，更多的是

2006年10月30日，程亚杰与万捷（左）、蔡特鑫（中）于"新加坡环球企都大会"开幕式

附庸风雅的假行家。作为上流社会的精英，他们自以为见多识广，具有鉴别能力，在购买亚杰的画作时，要求既要有艺术收藏价值，又要有商业价值。

"程先生，请如实告诉我，如果你是藏家，会喜欢哪幅作品呢？"一位酒店老板问他。

"我喜欢的不能告诉你。"亚杰故作神秘地冲他眨眨眼。

"为什么，咱俩不是好朋友吗？"

"正因为是好朋友，知己知彼，才不能告诉你。如果我说喜欢 A，你一定会想，他是不是想把差的推销给我，就会考虑 B。等你买了 B，后悔了，就会说我不够朋友。所以，你喜欢的东西，你自己做决定。"

"那你也应该给我个意见吧，画是你的，你最有发言权，我最信任你。"

2010年4月，程亚杰获新加坡政府颁发的"文化遗产之伙伴奖"

"既然你把信任给了我，我就讲讲 A 和 B 的长处和不足。A 的绘画技巧高，B 更有意境。这里有个投资角度和个人喜好的问题。A 适合挂在家里，B 适合搁在仓库里；A 可能在市场上卖个好价钱，B 比较小众，但越是小众的，越可能在美术史上留下一笔。这个你理解了吧？"

"我还是不太理解，因为你对这两幅画有褒有贬，平分秋色，到底你更倾向于哪一幅？"

"一般来说，哪个更贵，哪个就更好。我给你报个价好不好？Ａ报100万，Ｂ报80万，你考虑吧！"

"如果是瑞士名表，我可能选贵的买，但这两幅画，却可能是你的推销手段……"

"我再强调一遍，不管是Ａ是Ｂ，到了你的手上就是顶级的。因为我的每幅作品都是唯一的，不重复的。你的选择就是它最后的归宿。如果它到了穷人手里，就是穷人的价值；到了富人手里，就是富人的价值；到了美术馆，就是美术馆的价值……"

"你这样一说我就明白了！"

"那就选一张你喜欢的吧！"

在亚杰看来，画家是能够左右艺术品的价值和走向的。这要靠画家的人格魅力，他的才华、气质、气场等。这里所说的才华，不单是指艺术，还有做人。他很懂得如何做人：首先，他画得好，这是大家公认的；其次，他有专业素质和专业水平；最后，他在帮助藏家买卖自己的作品时，从来不收佣金。因为，如果他收了佣金，就算他有专业素质，也会失去公信力。这是一个很复杂、很微妙的学问，涉及心理学、哲学、美学等。

酒店老板高高兴兴地选择了100万的Ａ画。当他想付给亚杰佣金时，遭到了亚杰的拒绝。

"我不会收你一分钱佣金的，过去是，今后也是。无欲则刚。"

"对呀，所以你才是我们最信任的画家啊！"

亚杰就是在这样的环境中成长起来的。这是一场智商的博弈，不是看画，而是看人生，看智慧。艺术的真正价值，在一个资本强大的体系中是很难体现出来的。因为大家的兴奋点都在资金链上。尤其是国内，收藏家最关心的不是艺术，而是艺术品的增值和保值。换言之，他们买画不是为了收藏，而是为了投资和炒作。他想起了那些名垂千古的大画家。凡·高也好，达利也好，毕加索也好，在他们痴迷于创作时，头脑中全然没有"钱"的概念。他们追求的是一种表达方式，一种艺术境界，并由此赢得了后世的认同和美术史上的地位。这是衡量一个画家成功与否的最高标准。对亚杰来说，他可以有自己的藏家，可以有驾驭市场的能力——市场营销是一门学问，一定要有大谋略、大眼光，但适当时候，也要跳脱市场对画家的束缚。总之，市场并非他的终极追求，他更渴望的是将精品捐献给国家美术馆，以及他在国际美术界的学术地位。

他在维也纳选修的名画修复学也派上了用场。新加坡一个画廊老板花了90多万美金，在拍卖会上竞拍到一幅名画。名画运到画廊，工人在卸车时，不慎将名画的一角刮破，画廊老板十分恼火和沮丧，抱着一线希望找到了亚杰。

"程先生，你看这画还能补救吗？"

"好的，搁我这儿试试吧！"

亚杰彻夜未眠。他把一小块画布做旧，与刮破的画布拼接在一起，用细线缝补妥帖，涂上与原画相同的底色，然后用风扇吹干，再精描细画。

第二天一早，画廊老板已站在他家门口。

"怎么样，亚杰，修得了吗？"

"你进来看看吧！"

与新加坡总统的友谊

　　1995年，程亚杰为新加坡"国父"李光耀创作肖像画，在"狮城"引起很大轰动，也使他结识了一些新加坡政要。当时，程亚杰已作为精英人才受邀定居新加坡，与时任总统黄金辉成为忘年好友。他经常带四岁的女儿出入总统府，除了喝茶叙谈外，便是约定为总统画一幅肖像画。与创作李光耀画像一样，他做了很多先期的准备，如了解总统的身世、经历、性格和爱好，观察他的言谈举止、音容笑貌。遗憾的是，由于总统年迈体弱，不久便溘然离世，也使程亚杰的创作戛然而止。

　　老板一看就傻了。名画完好如初。正面、反面，怎么也看不出破绽了。

　　"你简直绝了，太不可思议了！"

　　从此，程亚杰的画框一直由他无偿提供。

第二十一章　与"侠女"打交道的日子

　　新加坡马六甲海峡，矗立着一座五星级的贵都大酒店，是亚杰经常光顾的地方。原来，酒店集团董事长林先生是位艺术收藏家，与亚杰一见如故，更喜欢他的梦幻现实主义绘画。酒店的大堂里，便悬挂着亚杰的一幅油画花卉，经常引来八方客人驻足观赏。一天，酒店总经理、林先生的女儿林小姐风风火火拨通了亚杰的电话："喂，亚杰，我有事找你，你原地别动，我开车去接你……"

　　亚杰一听就笑了："你知道我在哪儿呀？"

　　"你没在海峡画廊吗？"

　　"没有，我在家哪！"

　　"好的，我去家里接你！"

　　接上亚杰，林小姐神秘地告诉他："我想让你认识一位'侠女'！"

　　"谁是'侠女'？"亚杰有如丈二和尚，摸不着头脑。

　　"你知道吗，很多人看到你的画，都向我们打听你，其中就包括这位'侠女'。"

　　"打听我干吗？"

　　"喜欢你的画，想认识你呗！可是我们一直为你保密，没将你的信息透露给任何人。"

"为什么透露给'侠女'了呢？"

"好吧，我告诉你谁是'侠女'。你看过电影《霸王别姬》吗？"

"看过呀，不就是陈凯歌导演，巩俐、张国荣，还有那个骆驼祥子，叫什么来着……噢，张丰毅主演的那部电影吗？"

"没错。可是你知道这部电影的投资人是谁吗？"

"不会是你说的'侠女'吧？"

"聪明！就是她！她名叫余红，是香港电影明星，演侠女出的名，结婚后帮助丈夫打理生意，便转入幕后做电影制片人了。她在我们酒店下榻时看到了你的画，非常喜欢，一直想见见你！"

"余红？我听说过这个名字，印象里是位香港女强人啊！"亚杰瞬间兴奋起来。一般来说，画家是一种个体化劳动，一幅作品，一个人在画室就完成了，完全没有所谓团队意识，因而，这一职业特点就决定了画家个性相对内向（甚至孤独），沉稳，不喜欢凑热闹，更与演艺界扯不上关系。但亚杰不同。他不仅性格活跃，喜欢探索未知事物，而且在天津人艺做过舞台美术设计，与剧团演员们亦很熟络。在某种程度上说，他甚至有些喜欢与明星们打交道。

"我们现在就去见她吗？"

"莫急莫急，我亲爱的亚杰老师，她人在上海，如果你同意，我马上就给她打电话！"

林小姐称亚杰"老师"是有根据的：她是个美术爱好者，

正与亚杰学画。

林小姐是个爽快人，当即就拨通了余红的电话，将亚杰介绍给她。余红高兴地邀请亚杰来上海会面。

两天后，亚杰飞到了上海。余红派司机将他接到自己位于浦东的私家别墅。与新加坡相比，这幢别墅的外檐显得有些寒酸，中不中、西不西的，完全谈不上什么建筑风格；但内部装修却很讲究，客厅里的沙发、家具也很名贵。

"你好，欢迎你，终于见到你了！"

余红的出现不禁令亚杰眼前一亮：他没看过她主演的电影，但饱满的额头、丰腴的面颊、秀丽的双眸、娇艳的红唇，尤其是那优雅雍容的气质，却是某些港台女星共有的"范儿"。怎么说呢？大陆女星或许会很漂亮，很青春，很乖巧，但身上总是缺少那么一点儿味道，一种大家闺秀的仪态，一种窈窕淑女的举止。例如林青霞、钟楚红、张曼玉这样的女星，在大陆是很难找到的。很久以后亚杰看到一位大陆作家对余红的评价，与他初见余红时的印象不谋而合："天下女人漂亮的很多，高贵的也很多。但大多漂亮而不高贵，高贵而不漂亮。既高贵又漂亮，才算得上人间极品。"……

"这是我的先生杨亦臣。"尚未从审美体验中解脱出来的亚杰，这才看到余红身旁站着一个中年男子。他长着一张略显清瘦的脸，鼻梁上架副金边眼镜，颇有书卷气，因此给他的第一印象不像个大老板，而更像一个知识分子。

"很高兴见到你，请多多关照！"亚杰与余红伉俪一一握手寒暄。

巴黎香　30cm×40cm　2015年　巴黎

　　交谈中亚杰得知，杨先生20世纪60年代在台湾贩卖窗帘起家，70年代投资房地产，业务横跨两岸三地，在香港坐拥五家上市公司。1992年回原籍上海，成为首位投资浦东房地产的港商。

　　"他在浦东买了一块地，准备开发一个高级住宅项目和一个高尔夫球场。我呢，还有一家电影公司，陈凯歌的《霸王别姬》就是我们合作的第一部电影。你如果感兴趣，可以到我们这儿来工作。"余红用一种期待的目光注视着亚杰。

　　"不瞒二位，我在维也纳实用美术学院获得了绘画和建筑设计双学位，而且出国前在天津开过装修公司，在建筑设计方面绝对不是门外汉……"

香水　63cm×50cm　2015年　巴黎

"哎呀，太好了，咱们一起做吧，你加入董事会，算我们的股东！"

双方越谈越投机，不觉日已西沉，余红打开客厅里的水晶吊灯和茶几上青花瓷底座的台灯，霎时房间笼罩在一片温馨柔和的光线中。这时，亚杰注意到茶几上摆放着一个欧式相框，相框里镶着一幅彩色照片。照片上，只见余红微笑着坐在床上，一位容貌俏丽的年轻女子依偎在她怀中，酷似一对幸福的母女。进一步端详，发现女孩有些面熟——"这不是台湾影星小 X 吗？"

"是的，是小 X，她现在就住我家里。一会儿她就来，我们在家里用餐——因为她不愿与外界联系，躲在了公众视线之外。"

"为什么呢？她可是当红女星啊，在两岸三地有很多粉丝呢！"

"人红是非多嘛，她是个洁身自好的女孩，受不了狗仔队那些捕风捉影的八卦新闻！"

这令亚杰想起了她与那位台湾歌手的恋情。媒体最爱炒作明星的绯闻。爱情是两个人之间的事，属于个人隐私，人家不愿对外公开，你偏要削尖脑袋四处打探，从明星的角度想，确实也够讨厌的。

不久，小 X 来了，高挑的身材，鹅蛋脸，一双眉毛又黑又粗，却丝毫未能削弱她女性的妩媚。

"这是我刚认识的朋友，画家程亚杰。"余红向小 X 介绍说，然后冲亚杰嫣然一笑，"小 X 就不用我介绍了，你不会没看过她的电影吧！"

"你好，"亚杰有些羞涩地伸出手，"我看过你的《倩女幽魂》，演得真好，很多男人都被你迷住了。"

"是吗？谢谢夸奖！"小 X 表现得落落大方，但开朗中又流露出几分忧郁。

用餐时，话题仍是围绕小 X 展开的。

"小 X，我发现你总是不开心，你可不能正发光时把自己隐藏起来呀……"余红像慈母似地劝慰小 X。

"干妈，您不知道，我一到人多热闹的地方，就受不了那些无理的追逐和盘问，这些对我来说都是负能量。人生在世，谁不想快乐？可是我真的快乐不起来呀！"说着说着，小 X 的眼圈就红了。

明星也真不容易呀，亚杰暗忖，如果不是亲眼所见，谁会想到集万千宠爱于一身的当红女星，竟然会有这样凄苦的心境？

"嗨，不说难过的事儿了！下个月我们要组团去南非考察，今天在座的都是我的邀请对象！小 X，你也跟我去散散心吧！"

返回新加坡后，亚杰打点行装，准备跟随余红展开他的

程亚杰与"侠女"

首次非洲之旅。根椐事先的约定，亚杰从新加坡、余红一行从上海分别飞抵法国巴黎，逗留数日后一起前往目的地南非。抵达巴黎后亚杰才明白：作为大明星、大摩登，时尚之都巴黎是余红的最爱！第一天，亚杰陪同杨亦臣、余红伉俪参观卢浮宫，与前者谈建筑，与后者谈名画和雕塑。第二天，余红便要上街扫货。她是个出手很大方的老板，出发前，给每个随同人员派发了300美元的零花钱；对亚杰则有些"偏心"，给了他1000美元。于是，在香榭丽舍大大小小的品牌店里，一位风姿绰约的东方女子，成为店员们笑逐颜开殷勤接待的尊贵客人，什么ELLE，爱马仕，香奈儿，阿玛尼，穿在她身上就像量身定制的。"您是我见过的最美的中国模特儿！"一家精品服装店老板由衷地赞叹道。女人都是乐于被夸奖和宠爱的，何况本来她就有这个资本。余红满载而归，喜悦之情溢于言表。

　　几日后，杨亦臣、余红伉俪率大队人马奔赴南非。一提到南非，人们马上会想到纳尔逊·曼德拉，正是这位为结束种族隔离制度而奋斗了一生的黑人领袖，开辟了一个自由平等的新南非，并促进了南非经济的高速发展。因此，亚杰一踏上这片神奇的土地，便感到了它既古老又现代的国家风貌。由于长期的殖民统治，南非的很多建筑是欧化的，在欧化中又杂糅着非洲文化的元素，而不同城市又保持着不同的建筑风格。例如约翰内斯堡高楼林立的现代大都市风貌，开普敦古朴典雅的早期荷兰风格等等。而被称为南非"拉斯维加斯"的太阳城，则是世界顶级的娱乐度假村。它位于约翰内斯堡西北方187公里处，三面环山，绿树葱茏，水波荡漾，宛如世外桃源。太阳城的中心，是一座宏伟奢华的皇宫式建筑，浅米色的外檐，十个大小不等的绿色金属小圆顶，程亚杰以前在电视和图片中见过，但当身临其境时，还是被它震撼了。太阳城内，有一个国际水准的高尔夫球场，城外，则有一个550平方公里的自然保护区——匹兰斯堡国家公园。他们专门抽出一天时间，乘坐敞篷观光车，与公园里的大象、跳羚和狮子近距离接触，亚杰还掏出速写本，当场进行动物写生。

"我们为什么要到这儿来？"杨亦臣在开会时对他的工程师们说道，"因为这里有我们想要的东西，比如它的设计理念、建筑风格，它如何处理自然风光与人工建筑的关系，如何处理酒店、商业、娱乐场所的关系，等等。"

杨老板手下有五六位建筑工程师，从南非的"他山之石"中获得灵感后，纷纷拿出即将在上海规划建设的高级住宅区和高尔夫球场的设计方案，杨老板和亚杰则逐一进行讨论和审核。对一般画家而言，钻进这些复杂而枯燥的设计图中，早就不胜其烦了。可亚杰不同。他在维也纳修学的建筑设计知识，想不到在这里派上用场了！他觉得自己稀里糊涂就上了杨老板的"贼船"，一漂就是十几年，直至杨老板英年早逝。

从南非回到上海，亚杰拥有了两个头衔：一个是杨老板的高尔夫球场设计总监，一个是余红的电影公司特别助理。在建筑设计、电影制作和绘画创作三个领域同时并举，多栖发展，开始步入事业与人生的黄金时期。

在印尼恐怖袭击中被毁的"花卉"

2002年，印尼雅加达五星级万豪酒店收藏程亚杰的油画《花卉》。酒店老板姓陈，也是位艺术收藏家。他将这幅画悬挂在酒店大堂里。不料2009年7月，雅加达发生了自杀式恐怖袭击，暴徒将装满炸药的汽车开进丽思卡尔顿酒店和万豪酒店，导致七人死亡，四十多人受伤。霎时，浓烟滚滚，火光四射，和平之地变成战场，美丽的"花卉"香消玉殒。后来，虽然陈老板请程亚杰对严重"毁容"的油画进行修复，却很难恢复原作的光彩了。

第二十二章　戛纳，记录高举奖杯的时刻

移居新加坡以来，亚杰的周围聚集了一批成功人士，包括他最新结识并建立起合作关系的杨亦臣、余红伉俪。

何谓"成功"？一般意义上的成功是不难做到的，每个人都可能有自己的成功之处；而真正的成功，能够对社会产生一定影响和改变的成功，是走前人没有走过的路，从事前人没有从事过的创造性劳动。这是一个人的全部感情和技术含量的化合而产生的一种意外效果，往往是无法把握和不可复制的。譬如绘画，他的画风一直在变，从苏式的传统写实到梦幻现实主义，从意象派到抽象绘画，他的探索从未停止，创新从未停止；同时这种探索与创新具有诸多不确定因素，须只问耕耘不问收获，而它的美妙即在于此。如果明天的生活与今天一模一样，你还会有兴奋和刺激吗？人生的意义就在于不停地追求和探索。

令亚杰始料未及的是，他以绘画为"媒"，结识了香港电影界大牌余红，重新燃起了对演艺事业的热情与兴趣。与绘画的个性化操作相比，电影简直就是一个工程。工程的总设计师一个是制片人，一个是导演。导演要看制片人的脸色，制片人要看市场的脸色——无论你的电影艺术性多高，演员阵容多强，

最终还要看有没有观众，有没有票房，这才是电影的硬道理。自从有机会跟随余红讨论剧本、说戏，亚杰便亲身感受到剧本的语言魅力是吸引观众的至关重要的手段。在天津人艺工作时，他为了设计舞台美术和服装，曾阅读过一些话剧剧本。平铺直叙、平淡无奇的台词味同嚼蜡，而生动鲜活、妙趣横生的台词，通过演员的面部表情、肢体动作和语言的抑扬顿挫，才能将观众的情绪充分调动起来，从而产生思想和情感上的共鸣。

有一次，余红在片场谈到她投资的电影《霸王别姬》，亦印证了亚杰的这一认识。

"我拍电影，首要标准是它能否感动我。"余红对亚杰说。

"这么说来，《霸王别姬》一定有什么东西感动了你？"

"没错。坦白说，过去我对同性恋有很大成见。看了《霸王别姬》的剧本后，我好像忽然理解了这种情感，觉得它更像一种错综复杂的情谊……"

《霸王别姬》之后，余红与陈凯歌二度携手，投拍了陈红主演的电影《风月》。后来，这部电影因票房遇冷而告失败，也为两个人的合作画上了句号。但对陈凯歌来说却有一个意外收获——与陈红一见钟情，终成眷属。

有一次在拍片现场，C 导对亚杰说："别看余红对你这么好，她严肃起来很吓人的！"

"都说你脾气大，我怎么没看出来？"亚杰半开玩笑地问余红。

"对，我是脾气不好，但我已经学会了控制自己，尽量不让情绪发泄出来。"

　　的确，在亚杰眼中，余红并不像人们所说的那样，是个爱训人的女强人，至少他没见她发过火。其实，她很少干涉导演的工作，每次她都坐在观众席上，偶尔在监视器前，像个普通观众似的静观默察，享受着被打动的快乐。只不过，她是个处事果断的人，很有决断力，很有韧性，而且，压力越大，她的弹性就越好。

　　1998年春，亚杰在印尼首都雅加达举办个人画展时，忽然接到余红的电话，催促他赶快回上海。

　　"什么事啊，这么急？"

　　"戛纳电影节给了我一个优秀制片人奖，我们一起去戛纳吧！"

　　"噢，太好了，先祝贺一下！我安排好这边的事，马上就回上海！"

　　从雅加达到上海，又从上海到戛纳，亚杰在空中飞来飞去，一路奔波。

　　戛纳，法国南部蓝色地中海沿岸一座风光旖旎的小城，每年五月，都会因世界三大电影节之一的戛纳电影节而喧闹一时。亚杰随余红等先期抵达戛纳时，小城相对还较静谧。走在宽阔的滨海大道上，阳光灿烂，海风吹拂，如洗的碧空下，典雅的白色建筑、摇曳的绿色棕榈、停泊码头的如林船桅，以及远处山坡上红顶的别墅和古城堡，勾勒出一幅色彩明丽的风景画。电影节的主会场就设在滨海大道一座六层高的"影节宫"里。平日里，它就像一个素颜的女孩，土里土气，一点也不引人注目；只有当它的台阶和广场披上红毯、"影节宫"前饰以大幅宣传海报、尤其是开幕式前走红毯时，才会星光熠熠、花团锦簇，像一个仪态万方、令人惊艳的贵妇人。

余红一行下榻在一家五星级豪华酒店里，安顿停当后，女主人便开始买衣服、做头发、修妆容；而亚杰的任务，便是用照相机记录下戛纳之行的每个精彩瞬间。眼下，他要为余红拍摄若干"明星照"，以提供给世界各地的媒体记者。在这方面，余红的判断是正确的：开幕式和走红毯时固然会有无数摄影机对着她，或许也会拍出不少精彩镜头；但程亚杰不同，他是一位画家，画家会比摄影家更擅长取景、构图、用光和用色，拍出的东西更有画面感。

第二天，《霸王别姬》的主演们便陆续到达。说起来，余红与戛纳电影节的确缘分不浅：她主演的港片《侠女》1975年便首度入围戛纳电影节；1993年，她投资拍摄的《霸王别姬》喜摘"金棕榈"桂冠；这次，她又荣获最佳制片人奖。如此殊荣，在华人电影圈里是绝无仅有的。这天下午，该片主创人员聚集在酒店附近一个露天咖啡座喝咖啡，一边观景聊天，亚杰一边不时起身抢些有趣的镜头。这些大牌导演、明星他已不是第一次接触了，给他留下最佳印象的是香港男星 L 先生。电影中，他塑造了众多性格鲜明的人物，一双"电眼"更令女性痴迷。但生活中的他，却是个老实巴交，见了陌生人甚至有些羞涩的大男孩。最可贵的是，他不装，也不故意保持低调，天生就是这样的性格。坐在他身边的 L 女士，则一副大姐大派头，雍容、大气、爽快。说起母亲正在学习工笔画，不免要向亚杰做些咨询。这时，L 先生与台湾导演老 H 谈起李安即将投拍的一部电影《色戒》，欲邀他饰演片中大反派，其中有一场与女主角的床戏，相当激情和露骨，不知该不该接。说着，还用一种亚杰极少见到的狡黠目光瞥了 L 女士一下，后者则回敬了他一拳。H 导当即表示，为了艺术，没有敢不敢接的问题。

一众人聊兴正浓，不知谁喊了一声："G 小姐来了！ G 小姐来了！"循声望去，但见一袭白色裙装的 G 小姐袅袅婷婷而来，秀发飘逸，笑意盈盈，星味十足，一下车便被一群中外记者追逐拍照，还有路人呼喊要求签名。气场、风头甚至盖过了国际大导 C。气质儒雅又有些高傲的 C 导笑道："你们都看到了吧？导演终究是幕后人物，真正受宠的还是明星！"

终于等来了戛纳电影节颁奖盛典。当电影节评委会主席宣布，将"最佳制片人奖"授予余红时，C 导、G 小姐等从座位上起身，与余红激情拥吻，表示祝贺。余红在全场热烈的掌声中走上舞台，从评委会主席手中，接过"金棕榈"奖杯，然后发表获奖感言。在炫目的舞台灯光下，余红显得更加光彩照人：

程亚杰与"侠女"
于戛纳

只见她一头乌黑的短发，戴着一副黑框眼镜，深色的套装既合身又雅致，颈上的两串珍珠项链银光闪闪。她用英文致辞说，戛纳是她的福地，三十多年间，她的作品三次入围并获奖，这是她个人的荣誉，也是华人电影的荣誉。她逐一感谢了她的创作团队成员，包括《霸王别姬》的主创陈凯歌、巩俐、张国荣、张丰毅等。她还特别感谢了她的夫君："我的先生是个房地产商人，我们恋爱时我曾经问他：你这辈子最重要的是什么？本以为他会说房子，不料他想也没想地说，当然是你啦！我当时眼泪就掉下来了……"说到这儿，全场再次响起热烈的掌声和欢呼声。余红向大家深深鞠了一躬，眼中含着晶莹的泪花。这无疑是她人生中最辉煌的时刻，是一个终生难忘的日子。

曲终人散，当人们陆续离开"影节宫"，返回酒店时，亚杰因为收拾照相器材而落单了。正当他蹲在地上收拾东西时，有人用手轻拍他的肩膀。抬头一看，竟是 G 小姐！"亚杰，你怎么还在这儿？""哦，我行头多，不能抬腿就走啊！你怎么又回来了？""大家发现你不在，让我回来找你了！"亚杰心里一阵发热，昨天还是万人追捧的大明星呢，除去光环之后，就像个邻家小妹妹，那么平凡而亲切。背着一大堆照相器材，亚杰与"小妹妹"边走边聊。

"多重啊，有必要带这么多镜头吗？""小妹妹"有些心疼地问。

"嗨，习惯了，你知道，摄影师不能满场乱窜，为了拍到一个精彩瞬间，需要经常更换镜头！"

"可能这就是你们专业人士的强迫症吧！""小妹妹"打趣道。

到了酒店门口，有人认出了 G 小姐，亚杰像个"护花使者"，用高大的身体遮挡着娇小的妹妹。吃饭时，大家围坐在一起，谈笑风生，亚杰则举起相机，捕捉每个人放松心情时的神情与姿态。拍 G 小姐时，因为前面有人挡着她，她便左闪右躲，摆出各种 pose，显得十分乖巧可爱。

晚上酒店有个舞会，G 小姐邀亚杰跳舞，他连连推辞说不会跳。"我看你跟余红跳过，挺不错的，别装了，是不是怕她吃醋呀？""拉倒吧，人家大老板，能吃我的醋吗？算了，我跟你跳，你可要教我啊！"在舞池里亚杰心想，明星也是人，也有常人的喜怒哀乐，只不过到了舞台上、镜头前，她要进入另一个世界，变成另外一个人，变来变去，表面上看她似乎失去了自我，由于生活在鲜花和掌声中而变得高不可攀。而实际上呢，当她卸了妆，除去了光环，她还是她，还是一个质朴可人的邻家小妹妹。

第二十三章　与偶像诗人奇妙邂逅

　　亚杰渐渐成为一个不断在世界各地飞来飞去的人。他在上海与新加坡"两点一线"的生活逐渐被打破。2000年，他与旅美画家丁绍光在纽约一家画廊联合举办画展，令当地美术界领略到两位同样用"世界语"作画、风格却迥然不同的华人艺术家的风貌。从2001年起，他陆续在美国、印尼、新加坡、韩国、瑞士和中国上海、北京、天津参加全球或区域性艺术博览会、举办个人画展，作品为各大博物馆、美术馆和私人收藏，名声大噪，身价倍增。

　　进入21世纪的第二个十年，亚杰往返于新加坡与中国的频率越来越高，结识的文化界名人也越来越多，其中，最具传

程亚杰与王仲、蔡特鑫、万捷等于北京

2015年10月，何家英参观于天津举办的程
亚杰画展

程亚杰与韩美林

奇色彩的，是他与偶像诗人汪国真的情谊。

汪国真与程亚杰的关系可追溯到1985年。当时，汪国真尚未成名，一次，他接到《诗刊》副主编刘湛秋的电话，约他为即将发表在《诗刊》封底的一幅油画配诗，汪国真欣然允诺。拿到图片一看，这幅名为《心曲》的油画，生动描绘了一位美少女在钢琴前侧身而坐，仿佛在构思一支心中的乐曲。女孩优雅娴静的独特气质深深打动了汪国真，使他迅即产生了创作的冲动，优美的诗句从他笔下流淌而出——

只一个沉默的姿态

便足以让世界着迷

不仅因为是一尊圣洁

不仅因为是一片安谧

还因为是一面昭示

还因为是一个启迪

还因为她以现代人的形象

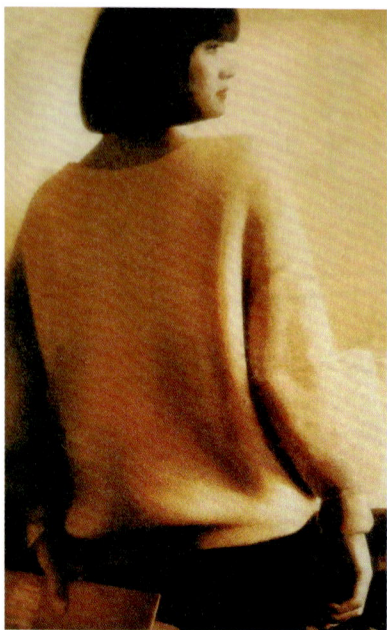

心曲
200cm×130cm
1984年
天津

> 告诉我们
> 沉思是一种美丽

　　一幅油画《心曲》，一首配画诗《沉思是一种美丽》，将诗人汪国真和画家程亚杰的名字联系在一起。但在此后长达27年的漫长岁月里，二人却天各一方，从未谋面。

　　汪国真20世纪90年代初以充满青春活力和人生哲理的诗句打动了千百万年轻人，成为一代人的偶像。其诗集发行量创新诗之最，多个诗歌、散文作品被收入大中小学教科书。近年

来，他又跨界发展，沉迷书法、中国画和音乐创作，并举办过
《唱响古诗词·汪国真作品音乐会》。

2012年春天的一个下午，汪国真在电视台担任一个晚会的嘉
宾，走出演播室，打开手机，忽然接到一位陌生女士的电话——

"您好，请问您是汪国真先生吗？"

"是我，您是哪位？"

"我是北京今日美术馆馆长罗怡，多年前，您曾为一幅油
画配诗，还记得吗？"

"哪一幅？"

"《心曲》呀，发表在1985年的《诗刊》上，作者叫程亚杰。"

"噢，记得，当然记得，只是我们从未交往过！"

"程亚杰正在北京参加一个国际品牌的新品发布会，你们
要不要见一面……"

不巧的是，当晚汪国真就要乘飞机离开北京，而亚杰参加
完活动后，也要返回新加坡，错过今日，更待何时？所以，当
汪国真得知亚杰一众人正在长城饭店附近的一个咖啡座小聚
时，便在去机场之前火速赶来。

两个"神交"已久的艺术家一见如故，握手寒暄之后，汪
国真说："我配过诗的图片很多，大多都已记忆模糊了；这首诗
我至今能背诵出来，印象如此深刻实属罕见。可以说，是《诗
刊》为我俩牵了线。"亚杰说："《心曲》是我花费了两三个月时
间，以我太太为模特创作的。画中女孩身穿淡黄色的羊毛衫，
侧着脸，好像在沉思创作中的问题，画面温馨而唯美。而你的
这首《沉思是一种美丽》，以朴素的蕴含着人生哲理的文学语

言，提炼和升华了画中的意境。"罗怡说："你俩说得这么热闹，把这首诗给我们朗诵一下吧！"汪国真便大声朗读起他27年未曾忘怀的《沉思是一种美丽》，引来现场一片欢呼喝彩。罗怡此刻也格外亢奋："你们既然已经见面，何不一起做点什么呢？"

汪国真对亚杰说："是呀，你现在更有名了，我可以继续为你的画配诗！"

罗怡接过话题说："完了出一本诗画集！"

亚杰马上表示赞成："好好好，我们说干就干！"

回新加坡后，亚杰将他的绘画作品陆续从网上发给汪国真，汪国真则从这些画作中挑选有感觉的一一配上诗句。有趣的是，汪国真每写一首配画诗，都即时发表在他的微博里，据说反响很大，粉丝们争相转载，他的粉丝数量也从原先的400多万猛增至600万。

2013年初，由北京雅昌艺术印刷有限公司精心制作、天津人民美术出版社出版的《诗情画意：汪国真·程亚杰·诗画》一书问世了。书中收入了汪国真为程亚杰的22幅画作配写的

2012年10月12日，程亚杰与汪国真于《诗情画意》画册签赠仪式现场

小小寰球　180cm×180cm　1993—1994年　维也纳

诗、汪国真的42幅书画作品和程亚杰的70余幅油画作品。为了谁的作品上封面，两人还"争执"了一番。汪国真说："你是专业画家，你的作品应当上封面。"亚杰说："你在国内比我名气大，还是你的作品上封面，我的作品放在封底就可以了。"最后，是汪国真的一幅花鸟画上了封面，封底是亚杰的油画《小小寰球》。真是一对谦谦君子啊，在这个争名夺利的时代，有如此境界者，可谓凤毛麟角。

诗中有画，画中有诗，诗与画是相通的，诗人与画家的心灵也是相通的。汪国真的诗富于哲理和想象，程亚杰的画充满梦幻色彩，可谓水乳交融。有人曾问亚杰，汪国真的诗是否参透了画家的创作意图和真实心境，亚杰答："对一幅绘画作品，每个人的感觉和理解都会不同；诗人与画家可能会从不同的角度诠释作品，最后总能找到一个交叉点，使文学和绘画两种艺术语言交相辉映。"

例如《小丑》。画面上，一个憨态可掬的布偶小丑，张开双腿坐在地上，手里捧着一个礼盒。乍看，读者可能会不解其意，但汪国真却道出了内中奥妙 ——

原想出彩
却踩塌了舞台
原想赌赢
却露出了底牌
出场便成为笑料
这，也是一种天才

小丑　200cm×150cm　1993—1996年　维也纳

诗人以他独到的理解，将小丑想逗人笑，自己却出了丑的窘态表现出来；但换一个角度，谁又敢说他不是故意出丑，以博人一笑呢？从而点出小丑的幽默与智慧，将画中蕴藏的内涵挖掘出来。

又如《红日》，画家的本意是通过画面中的一位裸体少女，表现人体的完美曲线就像日出日落一样，是一种本真的自然美；到了诗人笔下，则被赋予一种全新的具有励志意味的主题——

> 如果本身发光
> 何惧
> 太阳照不到的地方
> 如果阳光拂照
> 何不把生活紧紧拥抱

汪国真从人体美中想象她是个发光体，是金子总会发光的，鼓励年轻人不要依赖外部力量，而要靠自身能量的释放，实现远大的理想和抱负。

再如《青蛙王子》，青蛙的手里举着一支玫瑰花，仰望着天空，嘴里哼着动听的情歌；而一只天鹅却义无反顾地飞向远方——

> 最美丽的
> 往往都是童话

红日 150cm×200cm 1997年 新加坡

青蛙王子 60cm×80cm 1996年 新加坡

　　　　总有一个故事

　　　　能把心中的愿景表达

　　　　或许这就是奋斗吧

　　　　让童话成为现实

　　　　把现实变成童话

　　这简直就是一首励志诗。不要说什么"癞蛤蟆想吃天鹅肉"，只要肯于奋斗，不自卑，不气馁，就完全可以把童话变成现实，把现实变成童话。

　　还有《花仙子》《初雪》《温暖的太阳》《望月怀远》等，无不以朴素、平淡而又凝练的语句，揭示出深刻的人生哲理，令人心领神会，浮想联翩。

　　"当一个人的修养和造诣达到一定高度时，就不会装深奥了，返璞归真才最美；但他的诗确实使我的画得到了深化和升华。这就是汪国真的魅力所在。"亚杰深有感悟地说。

　　2013年9月1日在"第十六届北京国际艺术博览会"闭幕式上，亚杰与汪国真再度相会。

　　"亚杰，你的画让我作诗的感觉又回来了。"汪国真态度真诚地说："我已离开诗坛十几年，没有写诗的灵感了，就不写了，转而研究书法、国画和音乐，并在这些领域的创作中获得了极大乐趣。能否这样，《诗情画意》是我们俩的诗书画合集，接下来，我要为你的画配上100首诗，再出一本专门诠释你的绘画作品的集子，你看如何？"

　　"太好了，汪老师，我从网上看到您出版过一本英文版诗

花仙子
100cm×80cm
1997年
新加坡

温暖的太阳
160cm×160cm
1998年
新加坡

望月怀远
100cm×100cm
2008年
新加坡

集，您觉得英文翻译得如何？"亚杰问。当汪国真抱歉地说他不懂英文时，亚杰建议说："我们的下一本书，可请人翻译成英文，中英文字对照，诗画完美交融，按国际化标准包装，争取在海内外发行。"

两位艺术家在雅昌艺术网透露这一设想后，女主持人不禁欢呼起来："程老师，您的画是梦幻的，汪老师的诗是想象的，两个幻想的翅膀飞起来，将是怎样一道美丽的风景啊！"

谁知，天有不测风云，人有旦夕祸福。2015年4月，媒体上忽然爆出汪国真因罹患肝癌不幸去世的消息。程亚杰失去了一位合作伙伴、文坛挚友，自然是不胜唏嘘，留下永久的遗憾。

埃及，《没有微信的天空》

　　不知为何，程亚杰对骆驼这种"沙漠之舟"兴味盎然，曾多次将其搬上画面。2013年他去埃及旅行写生，便是冲着骆驼去的。

　　一次，在离胡夫金字塔不远的沙漠地带，他遇到两个用骆驼搭载游人赚钱谋生的埃及人，在没有生意时坐在驼背上聊天。由于听不懂他们对话的内容，他便请身边的导游代为翻译。翻译告诉他，两个埃及人聊的是邻居的日常琐事，他们生活在沙漠腹地，过着几乎与世隔绝的生活，没有电视，没有广播，更没有微信，也没上过学，不了解自己民族的历史和文化，但依然活得很快乐，聊得兴高采烈。这使程亚杰十分感慨。是啊，自己小时候，国家尚未改革开放，不知道外面的世界有多精彩，过着物质相对贫乏的日子，依然有滋有味，其乐无穷。于是，他创作了这幅《没有微信的天空》，意在表现这样一个主题：物质的享受未必能给人带来精神的愉悦，幸福不幸福，不是以金钱和物质为衡量标准的。

2011年，程亚杰于埃及

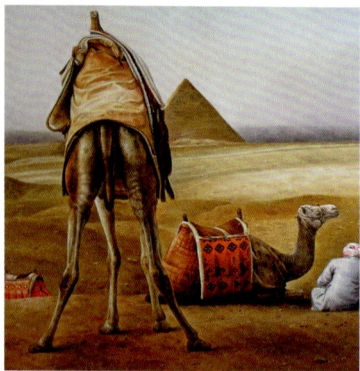

金字塔之谜　100cm×100cm　2011年
埃及

陌生的朋友　40cm×50cm　2011年　埃及

远方　55cm×40cm　2011年　埃及

驼铃　42cm×59cm　2011年　埃及

年复一年　51cm×37cm　2011年　埃及

老友　42cm×56cm　2011年　埃及

巴黎，带血的《香草冰激凌》

　　2015 年新年，当圣诞的钟声尚未从人们耳中完全消逝时，法国首都巴黎发生了骇人听闻的《查理周刊》恐怖袭击案。当时，程亚杰正依照与法国艺术基金会达成的协议，在法国巴黎写生。闻讯后，他当即赶往出事现场，眼前的景象让他惊呆了：平时安谧整洁的街道上，到处是乱石、碎纸和玻璃瓶，一片狼藉，混乱不堪，空气中弥漫着一股刺鼻的火药味。警察封闭了现场，任何人不得入内。这时，他注意到一位记者模样的金发女郎，正手执话筒，追逐着路人，大约是想采访事件目击者。由于地面湿滑、杂物多，她不慎摔倒，爬起来，又追，又摔倒……在她猛一回身时，程亚杰看到她那俏丽的眼睛里，满是惊愕、痛苦与忧郁。是啊，在这个举世闻名的艺术之都、浪漫之都，怎么会发生如此血腥残暴的罪行？不仅是她，所有人都在脑海中画了一个大问号。

　　返回饭店后，程亚杰根据现场速写和记忆，创作了这幅《香草冰激凌》。画面的主体是那位美丽的女记者，忧郁的眼神，阴云笼罩、雪花纷飞的恶劣环境，与周围隐约可见的荣军院、埃菲尔铁塔和香草、蝴蝶等美好的事物形成强烈冲击，颇值玩味与思考。

第二十四章　蓝色海岸的前沿对白

2014年秋天，一位新加坡艺术收藏家、某国际连锁酒店老板找到亚杰，向他透露了一个信息：法国一家艺术品基金会有意与他签约，可能很快与他取得联系。

"他们怎么知道我的？"

"当然有我一份功劳啦，我推荐了你。"

"愿闻其详。"

"你听我说，欧美包装和代理艺术家的做法，一是家族式的，一是基金会式的。家族式的，比如犹太人，古老的画廊便设在家族的老宅里，世代相传；基金会的运作方式，便是他们一旦认可一位画家，便与之签约，包装，收购其作品，并进行学术推广。"

"符合哪些条件，才能被他们认可呢？"

"第一，有没有在世界级艺术大赛中获奖，你有一个SHEBA大赛；第二，各大博物馆、美术馆有没有收藏你的作品，也就是学术认同，这个你也有；第三，有没有世界级收藏家收藏你的作品，这个我最清楚，我就是世界级收藏家。坦白地说，他们不是专门冲你来的，或者你有运气，他们是在世界范围寻找和挖掘人才，例如在美国红极一时的丁绍光，就是被这个基

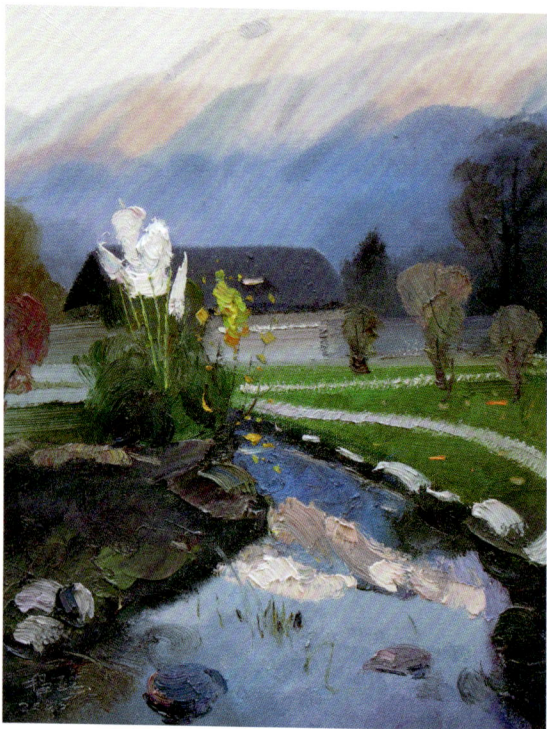

早安茵特拉根
32cm×25cm
2005年
瑞士

金会发现的。他们通过调查，发现 SHEBA 大赛入选者有你，新加坡、马来西亚、印尼星级酒店有你的藏品。他们看到我的酒店里有你的风景画，很感兴趣，我就乘机向他们介绍你的经历、画风和成就。我对他们说，你在维也纳留过学，经常到欧洲各地写生，对欧洲大师的东西非常熟悉和喜爱。从你的画中，看不出是东方的还是西方的画家。学术界最认可的是你的色彩：既有苏派的底蕴，又有印象派的风采，还有中国画的构图和意境。最主要的是你有双学位，除了绘画，还学过包装和建筑设计。这样，你的画中不仅有绘画性，也有设计性⋯⋯"

"没看出来，你还真懂我呀！真是没白交你这个朋友！"

"那是，你慎重考虑一下吧，我觉得这是个好机会，但一签约，你可就没有人身自由了！"

亚杰面临着又一次人生选择。虽然尚不清楚合约的期限，但即使只有两年，他也必须全力以赴；如果真的签约了，他与原有藏家的关系怎么处理？毕竟，他手里还有他们的订单呀！转念一想，这又是一次了解世界最前沿艺术观念的难得机会。因为，他在基金会能接触到顶级的策划师与评论家，他们懂得如何包装一个画派，一个大师，告诉你画什么，怎么画，怎么拍卖和展览，这些东西对于一直单打独斗的他而言太宝贵了。过去，他只知道把自己关在画室里，自己觉得画得好就好，藏家说好就好，其实不是这么简单。一个国际风范的画家，必须见多识广，必须有境界和眼界，这些都需要与世界接触，与世界对话；而不是说，你已经身在国外，就是世界了。

他动心了。

天下没有免费的午餐。接下来便是亚杰与基金会的艰苦谈判。首先是合约期限，法方希望订立十年合约，遭到亚杰断然拒绝。十年，太漫长了，我不能把自己最年富力强和最有创造力的这段人生，完全托付给他人啊！经反复磋商，最后确定合约期为两年，两年之内，基金会对画家的艺术进行全新设计、包装、定位，画家须向基金会提供200幅风景油画作品，基金会向画家支付30％订金；如果画家违约，则基金会只支付

30％订金，之后拍卖作品所得均与画家无关。如合作愉快，两年后可再续约。

签约后，基金会随即安排亚杰到法国、瑞士、意大利旅行写生，第一站即法国巴黎。此时，正值2015年元月，西方圣诞与新年的欢乐气氛尚未完全消退，正当程亚杰收拾画具，准备去巴黎近郊选景、写生时，一件令全世界都感到震惊的重大事件发生了。项目负责人让·皮埃尔神情冷峻地告诉他："巴黎发生了恐怖袭击，两个蒙面暴徒闯入《查理周刊》编辑部，枪杀了十名记者，两名警察……"

"啊！为什么呀？"

"因为《查理周刊》多次刊登讽刺伊斯兰先知的漫画。"

"那也不能用这种极端手段进行报复呀！"

"谁说不是呢，但跟他们有理可讲吗？现在巴黎已处于紧急状态，不能执行原来的写生计划了，我们现在哪儿也去不了，只能待在这里静观事态发展。"

不知为什么，这个突发事件却令程亚杰血脉贲张。一股莫名的力量支配着他，要到出事现场一探究竟。趁着大家一片慌乱之际，他偷偷溜出饭店，叫了一辆计程车，急速赶赴《查理周刊》所在的街区。

这里早已被警方封锁。街上垃圾杂陈，一片狼藉，到处是惊魂未定的路人，以及追寻着目击者的媒体记者。人群中，他发现一位穿高跟鞋的女士，不知是激动，还是被脚下的杂物羁绊，几次摔倒在地，又爬起来，继而又摔倒，又爬起。当她猛一回眸时，他看到了一张美丽的面孔，眼睛里却充满惊恐和忧

香水小屋　51cm×40cm　2015年　法国

伤。他瞬间便被震撼了。他拿出铅笔，匆匆画了一幅速写。正在这时，他的手机铃声响了："喂，亚杰吗，你去哪了？""没事，我在街上随便转转！""啊？外边很危险的，头儿让你马上回来！"

几日后，让·皮埃尔与程亚杰一起到法国南部"蓝色海岸"写生。

在巴黎开往蓝色海岸的列车上，亚杰仍心有余悸："巴黎一直是我心中的艺术圣地，怎么会发生这种事？"不料让·皮埃尔却打断了他："我们不谈这个沉重的话题了。"

"那好，就谈谈我们的合作吧。你们为什么肯用十年时间包装打造我，我有这么大的价值吗？"

"是啊，我们为什么拿出这么多精力，去捧一个画作都在别人（藏家）手里的画家？我们干吗要做这种傻事？因为，我们发现了你有比梦幻现实主义更强的方面：你的风景画。吴冠中的风景是中国画风格的风景，装饰性的风景，而你的风景是纯粹的风景，符合欧洲人审美趣味的风景。我们不但要做你，还要把你所有的风景画买回来，控制这个市场。同时，我们还要带你去写生，到你最感兴趣的地方——法国、摩纳哥、瑞士、意大利，你有过美好回忆的地方，才会有创作灵感。等我们有了一大批你的作品，再到世界各地办展、拍卖、举办学术活动。还有一点，你现在五十多岁了吧？十年以后，别人就不会抢你了！"

"噢？原来你们还有这个小算盘！"

"是呀，可惜你打乱了我们的计划！"

速写才能被发现

　　《查理周刊》事件令整个巴黎陷入一片恐慌之中，安全形势堪忧，程亚杰的户外写生也变成了"室内作业"。困在屋里的他早已按捺不住画画的欲望。他看到随行的一位法国女郎，伫立于玻璃拉门前凝神远眺的神情，不禁怦然心动，迅速拿起一支铅笔，先是勾画出她的美丽轮廓，又用油画颜色加强画面的立体感和空间感。这时，一个法方工作人员啧啧称叹道："你们快看，程先生的笔头太厉害了，随意几笔，就把女生画得这么完美，不签他的速写实在太可惜了！"原来，根据程亚杰与法方签订的协议，他只能画油画风景，人物速写不在合约范围。难道一纸合约就要抹杀画家的灵感吗？大家七嘴八舌地议论起来，最后达成一个共识：修改合约，增加人物速写的创作，于是，一批精彩的速写作品应运而生了……

"我以前的风景画，多是梦幻写实风格的，比较细腻、唯美，不知是否合乎你们的口味？"

"你要走大师之路，让美术史承认，就必须有很深的思想性，用精湛的技巧、高级的色彩加以表现，类似点彩、印象派、分离派等非一般的手法，往往更有学术性和震撼力，成为一幅传世名画。至于写实还是抽象，我们到了现场再研究。"米歇尔回答说。

蓝色海岸，在法国南部的地中海沿线，马赛、戛纳、尼斯、摩纳哥，像一串熠熠闪光的美丽珍珠，镶嵌在这块曲折蜿蜒的古老土地上，其背后便是白雪皑皑的阿尔卑斯山，与法国人的自尊、浪漫、热爱自由的天性仿佛存在着一种内在的联系，亚杰不禁沉溺其中。他画尼斯崖壁上中世纪的香水小屋，据说，哲学家尼采曾在这里边品咖啡，边思考他的哲学问题；他画袖珍小国摩纳哥的通往皇宫的小路，从这里可以俯瞰大海的粼粼波光和点点船帆……最美的是一个静谧清爽的早晨，空气中弥漫着花草的芳香。忽然，在轻纱般的薄雾中，一个在沙滩漫步的娇俏金发女郎映入他的眼帘，在尼斯海滨的水天一色中，宛如一只美人鱼跃出海面。一瞬间，亚杰感到自己的心都醉了。他马上支起画架，拿起画笔，以极快的速度勾勒下女郎的身影，简练而概括的线条笔触，单纯而又富于变化的色彩，给人一种朦胧如梦的视觉感受。当这幅充满诗意的画作呈现在法国同行面前时，不禁引来一片赞叹之声。米歇尔更是独出心裁地评论道："程先生，您的写生能力太强了，色彩太美了，这不是一般的写生，而是您心灵和情感的物化；这不是一般的写实油画，而是一种意象油画！"

从此，亚杰在法国南部的风景写生，便有了一个新的定位：意向油画。

有时，来不及画油画写生时，亚杰便掏出随身携带的速写本，将所见人物和景物，寥寥数笔，跃然纸上。不料，却给自己惹来"麻烦"。

"亲爱的程，以前只知你的油画画得好，原来你的速写更出色，"米歇尔惊叹道，"任何一个学院派画家，只要下足了工夫，慢慢磨，都可能把一幅素描画好；而速写不同，你能在最短时间内，用几根又准又帅的线条，就抓住表现对象的本质特征，形也有，情也有，技巧也有，绘画性很强，这一点很难做到，必须是天才，必须炉火纯青，必须溶入到血液中，才能做到；这个难度达到了，才是大师。所以，速写比素描难得多，写意比工笔难得多……"

"米歇尔先生，你过奖了，我觉得速写是画家的基本功，我在维也纳就画了上万张速写习作，画得多了就会熟能生巧，轻松自如。"

"还有，写实好还是写意好？写实画是好看，挂在哪儿都漂亮，古典中透着苏派，苏派中透着古典，就像你以前画的那些风景画。你们所谓的写实，都是对欧洲古典主义的模仿，无论佛兰德斯画派，还是威尼斯画派。为何伦勃朗是大师？因为他画的是结构，是光，有技巧，有绘画性，与照片一点关系也没有。风景画也是。如果你笔下的风景与自然的风景很像，很写实，那是照片，是行画，有什么意思？在法国和西班牙，更喜欢现代的、写意的东西。中国画家中，我比较喜欢吴冠中，

瑞士冬雪　50cm×60cm　1996年　瑞士

他的油画是写意的，那种构思、构图、颜色、用笔，纤巧而帅气，极富中国画韵味。至今无人能靠近他。"

"在很多中国人看来，西方现代绘画，尤其是那些抽象派绘画，就像胡涂乱抹，不用学画也能画出来……"

"没错，抽象绘画，开始是美国要与欧洲抗衡，来了个艺术革命，把不会画画的都炒成大师。但抽象与抽象还有区别。赵无极也抽象，为何大家认同他？因为他会玩意境，玩技巧，玩水墨情趣，而不是随便乱来的。其实艺术的价值，不在于写实还是抽象，而在于有资本投入其中，就有了价值，成了大师。但这只是经济上财富上的炫耀，而非学术上艺术上的炫耀。在这种氛围中，资本越来越放大，艺术就越来越渺小。"

"你讲得特别到位。那么，你们在全世界选择合约画家时，到底是市场标准第一，还是艺术标准第一呢？"

"问得好。我们挑选画家，当然首先要选市场，你虽然定居新加坡，但血统是中国的，中国市场很大，也很乱，不规范，但发展潜力是无限的。另外，我们对艺术家的创造力有准确的判断，看他以前的画，如果一成不变，就是斯努比（笨蛋）；如果画得相当不错，但一直像安格尔、怀斯，也不算个好画家；如果一个画家不安稳，总是在变化，写实、抽象、古典、印象，花样翻新，我们就认为他是有创造基因、有创造力的。再有一点，我们接触一个画家，大的气候、流派、才气够了，而人性不好也不可以。人是分高低的，有贵族、有凡人、有大师、有匠人，其思维方式完全不同。譬如凡·高，他为何要割耳、疯狂、自杀？他的失落不是因为生活的窘迫，而是因为艺术没有突破，精神上产生了障碍，使自己患上抑郁症。这种为艺术而燃烧生命的人，才是大师。"

诚然，基金会这帮人欲将其当成"摇钱树"，榨干他身上的艺术价值，令其一会儿画风景，一会儿画速写，一会儿画幻想，弄得他精疲力竭，心生怨气；但不可否认的是，他从这些人的言谈话语中，也了解和把握了一些世界美术最前沿的观念与状态。这为他有的放矢地进行艺术创作和走向更广阔的艺术市场，开辟了新的前景。

我对色彩最有感觉

为何法国人对程亚杰的风景最有兴趣？有一次，当他提及这个问题时，对方答道："在中国画家中，吴冠中的风景最具国际影响，但他采用的是中国画的线条和构图元素，比较唯美和富有装饰性；你的风景画虽受苏派影响，更多地则带有浪漫性，更具马奈、莫奈、修拉等印象派的色彩，更'纯正'，也更容易被西方人所接受。"的确，程亚杰不仅向胡特大师学到了欧洲的油画技巧，也熟悉油画颜料的制作过程及其特性，因而对色彩的运用才能游刃有余、得心应手。"我对色彩的喜爱和理解已达到了疯狂的程度，"他说，"我总觉得，素描、速写，是可以通过训练练出来的，而色彩则需要天分。既然上帝给了我色彩的天分和眼睛，为何不把它研究透了呢？所以说，我对色彩最有感觉，这种感觉和激情是磨练不出来的。"

在法方安排下，程亚杰将视角对准法国、意大利、瑞士、丹麦、西班牙的城市、山区、古堡和小巷，用丰富而具生命力的色彩，再现了风景的美。

第二十五章　用符号破解"维加斯之谜"

2015年，亚杰的艺术行动是在东西方两个战线上展开的：一方面，他要根据与法国艺术基金会签订的合同，定期到欧洲旅行写生；另一方面，他要到天津举办首次个展，开启他的"程亚杰全球艺术巡展"的第一站。为何要将首站定在天津？亚杰说："因为我是天津人。"有北京的记者问："你祖籍北京，生在北京，应该是北京人啊！"亚杰回答："我虽然生在北京，但我学画是从天津开始的，也是从天津走向世界的，天津是培育我的艺术摇篮。"他以一颗感恩之心，将自己历年来创作的80余幅绘画作品呈现出来，向家乡人民做了一次圆满的汇报，并

2015年10月，程亚杰
于天津美术馆讲座

依照他一贯的做法，向天津美术馆捐赠了作品。

之后，亚杰便紧锣密鼓地筹备他的全球巡展的下一站。下一站定在北美，具体地点则是他的藏家帮助搭的桥——那个充满冒险和梦幻色彩的世界赌城拉斯维加斯。

"只有到了拉斯维加斯，你才会知道什么是人间天堂"，美国人常这样向世界各国旅游者炫耀。的确，这个城市亚杰已去过数次，觉得每次都有变化，每次都有不同的感受。拉斯维加斯的名称出自西班牙语"Las Vegas"，意为"丰美的草场"，这本是当年来此定居的西班牙人见这片土地寸草不生、一片荒芜，以戏谑的态度为它取的"美名"。直到20世纪30年代，美国联邦政府在附近修建了著名的胡佛水坝，将科罗拉多河水引入内华达沙漠，才使拉斯维加斯获得了发展的原动力。对亚杰而言，世界赌城的"赌"对他并无多少吸引力，倒是浓缩了诸多世界地标性建筑的特色景观及多元文化，令他着迷，留连忘返。记得第一次来赌城时，夜幕刚刚降临，无数流动的彩灯、霓虹灯和音乐喷泉，将一幢幢风格迥异的广场、酒店装扮得五光十色、分外妖娆；一路观赏，纽约的自由女神、巴黎的埃菲尔铁塔、古罗马的凯萨皇宫、威尼斯水城和贡多拉、埃及的金字塔和狮身人面像……纷纷被"搬"到这座城市，令人目不暇接；尤其是当一束号称世界最强探照灯的灯光，从狮身人面像的头顶射向空中、直入云霄时，一种古老、庄严而神秘的宗教感忽然紧紧攫住他的心灵。天哪，人类文明的时空就这样凝聚在这片土地上，是多么不可思议、令人血脉贲张啊！

这一定是个激发艺术灵感的地方，亚杰心想。正是抱持这种念头，他又一次踏上这片神奇的土地。

这次迷住他的是一位老人和一座博物馆。

"你好，我是哈普瑞，全美著名的脑外科医生。"出现在亚杰眼前的是一位态度和蔼、气质不凡的老者，一头浓密的银发，唇上蓄着两撇银须，高鼻梁上架着一副金边眼镜。他友善地伸出手来与亚杰握了握，笑容中透露出几分睿智与幽默。

"您好，很高兴认识您！"

为他们牵线搭桥的收藏家王先生补充道："他还有两个重要职位未讲，一个是前任内华达州副州长，一个是他的私人博物馆馆长。如果你有兴趣，我可以陪你先去参观一下他的博物馆。"

路上，王先生告诉亚杰："博物馆是以哈普瑞先生的名字命名的，每年只开放一次，就是十月份。这次让你赶上了，算你小子有福气。""一个私人博物馆会这么牛气？"亚杰问。"当然啦，每次开放就像一次盛大的嘉年华，群贤毕至，宾客如云，报纸电视一通炒作，热闹极了！"

2002年，程亚杰于纽约Opera画廊举办个展

哈普瑞先生
55cm×40cm
2016年
拉斯维加斯

一进博物馆亚杰就蒙了：我的天哪，总说自己闯荡过世界，见多识广，而藏品这么杂、这么多、这么偏门的博物馆，他却第一次领教！从埃及金字塔到威尼斯水城，从文体明星穿过的服饰、鞋帽，到卡梅隆拍摄《泰坦尼克号》使用的道具，可以说，天上飞的，地上跑的，海底沉的，应有尽有 —— 但凡有文物价值的东西，他都从世界各地收购过来，塞满博物馆的三个楼层。球王贝利的球鞋，歌星麦当娜的裙子，西部片中的牛仔帽、马鞍，太空望远镜，迪斯尼的大转车……最奇的还有荷兰阿姆斯特丹红灯区的微缩景观，名妓的雕像，接待过的名流，以及粉、橘红、浅蓝、太空蓝等不同颜色的房间。博物馆里，还陈列着哈普瑞先生平生最崇拜的历史人物——林肯总统的多座雕像。总之，这里的宝贝实在太多了，看也看不完，只能走马观花式地大致浏览一下。

再次见到哈普瑞时，亚杰诚恳地提出一个要求："尊敬的哈普瑞先生，我有个提议，咱爷儿俩合作一把怎样？"

"呃，怎么合作？"

"您的收藏太丰富、太精彩了，您既是专家，又是州长，本身就是个传奇。我想画画您的故事。"

"好哇，我正在写自传，可以给你提供一部分资料。"

"好的，说定了，您写您的自传，我画您的故事，然后一起出版。"

说画就画。在征得哈普瑞先生同意后，亚杰当即支起画架，为他画了一幅素描肖像。肖像描绘了哈普瑞先生右侧45度角的面部特写，结构精准，线条流畅，形神兼备，表现出精湛的绘画技巧。

"程，我不得不承认，你画得太好了！"哈普瑞先生将画举在眼前，喜形于色，爱不释手。"这样，你在我这儿办个展览吧，肯定轰动！"原来，老先生还兼任拉斯维加斯图书馆及美术馆的主席！他指示手下的工作人员，带亚杰与策展人见面商量一下。

　　策展人帕莫拉·龙力是个富有活力的小帅哥，接到哈普瑞先生的指示颇为惊异："程，你太厉害了，居然得到了哈普瑞先生的赏识，还要在他旗下的美术馆举办画展！这下动静大了。你知道吗，我们一共有13个美术馆，每个馆展3个月，就是39个月，要三四年时间才能巡回一遍！一个活着的画家在这儿办13次画展，又不花钱，纯属政府行为，在我们这儿没有先例呀！他是这座城市的明星，你办完展览，也会成为这座城市的明星的！"帕莫拉·龙力带亚杰晋见了拉斯维加斯各大图书馆—美术馆董事会主席，双方草签了一份关于举办"程亚杰拉斯维加斯艺术交响曲"巡回画展的合同书。随后，帕莫拉·龙力陪同亚杰逐一参观了展览场馆。

　　"你是只办画展，还是想要学术地位？"帕莫拉·龙力问。

　　"两者之间有区别吗？"

　　"一般画展是展览画家过往的作品，有学术地位的画展要有创新的东西。这是它们之间最大的区别。"

程亚杰与帕莫拉·龙力
（中）、哈普瑞先生（右）

永恒的微笑　180cm×180cm　2010年　拉斯维加斯

"我当然想要学术地位。"

"很好，那你就想想如何创新吧！"

"可以，但要给我几天时间思考一下。"

亚杰下榻在拉斯维加斯一家豪华酒店，酒店里有最顶级的收藏，从古典主义到当代最时尚的装饰品、雕塑、油画、版画，一应俱全，琳琅满目。酒店旁边就是赌场。赌场也被包装得像一座艺术的宫殿。观赏着宫殿里的壁画、穹顶画，听着不绝于耳的老虎机吞吐钱币发出的金属声，他不停地拍照，画速写，上网查资料，绞尽脑汁，寻找创新的突破点。

几天后，亚杰对帕莫拉·龙力宣称："帅哥，我要创立新画派了！"

"创什么画派？"

"创什么画派我不知道，但现在心里有数了。我不能再画梦幻写实了，要画更美的东西。我也不能再画风景了，因为法国人、美国人，对我绘画的评价都是颜色好，风景好，但你的风景再棒，也只能归到印象派里了，不可能形成一个独立的画派；抽象也行，但也不是独立画派……"

"所以，我主张你研究一下毕加索和达利，弄一个像他们那样的被世界画史承认的独立画派。"

"你这么一说，我的压力就太大了。那可都是世界级的大师呀！"

"向大师学习、致敬总是没错的。"

创新，或者变化，这对一个有艺术追求的画家而言，是不难做到的；创立一个新的画派，就不是一朝一夕、轻而易举的事情了。这可能吗？亚杰不止一次地拷问自己。欲研究画派，不如先研究自己。夜里，他躺在床上"过电影"，将他学画以来涉及的画种统统过了一遍：苏式现实主义、印象派、怀斯、梦幻现实主义、意向油画、抽象艺术……所有能尝试的他都尝试了，所有能画的他都画了。要创立新的画派，就必须从当代艺术潮流中捕捉创作灵感。当代艺术的主要特征是什么？简洁，

传说　120cm×120cm　2008年　新加坡

概括，鲜明，符号化和形式感，而这些东西在他的画面中曾作为一种构成元素存在过。例如扑克牌、蝴蝶、数字等，与拉斯维加斯这座城市的气质岂非不谋而合么？这里到处是赌场，赌场里最常见的道具就是扑克、骰子和数字。这时，他想到了法国点彩派大师修拉，他用色彩的斑点构建出海滩上悠闲漫步的男男女女；想起了中国画家张大千用大泼墨手法渲染出的青山秀水……我能否将这些人体速写与象征着拉斯维加斯的神秘符号嫁接在一起，将铅笔画与泼彩层层叠加在一起，创造出一种绘画史上从未有过的绘画语言呢？安迪·沃克将玛丽莲·梦露的照片四方连续式地复制，自己不动笔，就形成一种流派——波普艺术，就可以卖得那么贵，我凭啥就不可以呢？

拂晓，他起床后匆匆吃过早餐，便坐在桌前边思索边勾画草图。他先在一幅画于1992年的女性人体速写上试验，在人物的四周按照平面设计的结构方法，绘出几只色彩淡雅的蝴蝶图案，并以几个阿拉伯数字点缀其间，使线条与色块、黑白与彩色、抽象与具象自然融为一体；至于这些图案和数字的内在含义，那就需要读者去揣摩和猜想了。嗯，有点儿意思。但王婆卖瓜，自卖自夸不行，他马上将最新出炉的作品用手机传给收藏家王先生。王先生看完，兴奋地回复道："如果只有抽象的符号，我也能画，关键是画在你的速写上，就既有了价值，又有了味道——赌城的味道。我手里还有你的速写，请你也给我画上符号吧！"

"为什么非要在我的旧作上加符号呢？"

"收藏你的旧作，就是收藏你的历史，历史是无法复制的！"

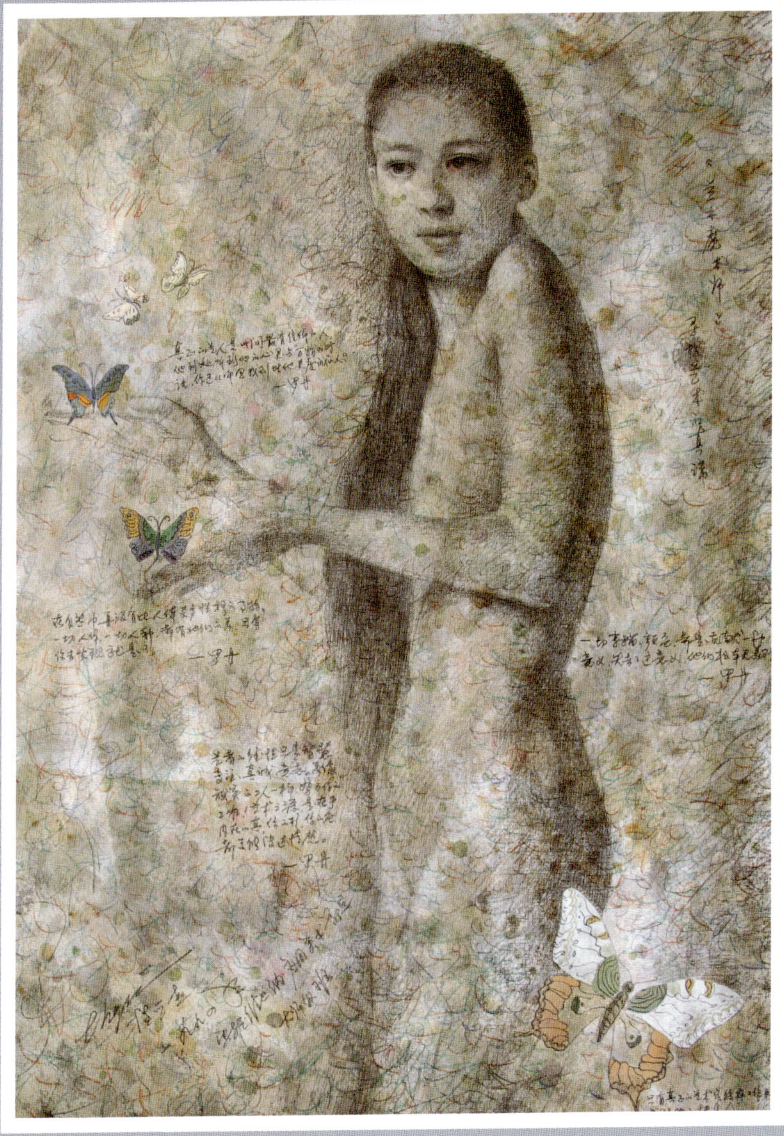

"10"是怎样变成"60万"的?

　　法国人发现程亚杰的速写才能后，便欲在协议中加入速写的内容，但遭到程亚杰的拒绝，只好到画廊和藏家手里去收购。早在维也纳留学时，程亚杰便画了大量速写，据估计不下几千幅。当时，美国小伙儿杰克以每幅十个先令的价格，卖给了喜欢程亚杰速写的学生们。如今，这些速写散落世界各地，以东南亚居多。于是，法国人便到东南亚搜罗，从一幅100美元，一路飙升至1000美元、10000美元、100000美元，到后来，程亚杰在拉斯维加斯创立"维加斯画派"，将早期速写加上符号后，身价倍增，最贵的竟卖到了60万美金！他用色彩魔术师般的巧手，导演了一个艺术市场的奇迹！

重返拉斯维加斯之回娘家　40cm×58cm　2011—2016年　埃及、拉斯维加斯

　　王先生的答复令亚杰信心倍增。原来，名家手里的一张破纸都值钱！他在维也纳求学时，曾画过大量人物速写，具体数量他记不清了，但几千张肯定是有的。当时，他以十美元一幅的价格，卖给了同窗的那个美国小伙子。这些速写不知怎么漂洋过海出现在马来西亚的画廊中。这时，画廊的标价已经涨了十倍：一百美元一幅。之前，法国人来东南亚"猎头"时发现了他的这批速写，才在合同中加进了速写一项。王先生将自己收藏的亚杰的速写拿来，请他在上面"加符号"。紧接着，拿着他的画来找他"加符号"的人越来越多，身价也以十倍率攀升，从一百变一千，从一千变一万……展览还未开，他的市场就被激活了。这当然不是加几个符号那么简单。他要让这张纸变得

更贵，必须赋予它一定的内涵，以及与众不同的东西。

在此过程中，最想为他进行学术定位的便是策展人帕莫拉·龙力。"亲爱的程，我从你的最新作品中看到了成功的希望。我认为你是这一代中国画家中，能在世界画坛立足并有独自建树的第一人。我想为你的新画法做个定位，就叫'维加斯'画派如何？"

"这样好吗，我们是否先低调一点，等到形成一定气候，再提'维加斯'画派更妥当？"

"不不，我们就要亮出这个牌子，这不是你个人的问题，而是我们画展的需要，也是拉斯维加斯的需要！"

亚杰暗忖，龙力说得有道理。人家既然为包装和提携我而不遗余力，我总要相向而行，客随主便嘛！

下一步，他就要为计划中的"程亚杰拉斯维加斯艺术交响乐画展"准备作品了。于是，他的早期速写《海风之恋》《沙漠之春》《重返拉斯维加斯》等，便由黑白变成了泼彩，在速写的元素中加入了富有地域特色的梦幻、抽象、虚拟元素，让蝴蝶和扑克这两种他绘画中最常见的符号分布其间，从而为画面增添了一种神秘性和不确定性，而这正是初到拉斯维加斯的人从这座城市中得到的最深印象。

例如《沙漠之春》，有如观赏者跟随画家进行一次时光倒流的旅行。一位远方的朋友骑着骆驼行走在埃及的撒哈拉沙漠上，蝴蝶和密码穿插其间，寓意埃及与拉斯维加斯同属沙漠地带，同样的天空、同样的气候，却有着不同的命运。有什么样的认知和抱负，就有什么样的行动和结果。画作含蓄地表现了

好牌　58cm×41cm　2016年　拉斯维加斯

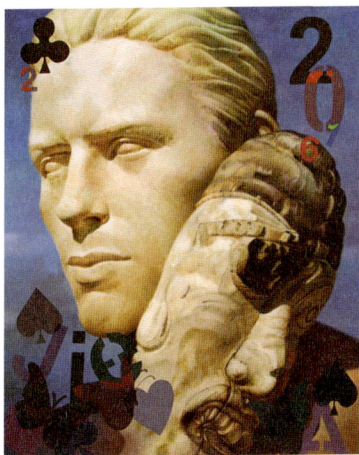

遥远的追想　100cm×80cm　2016年
拉斯维加斯

画家不畏艰险地在艺术之路上苦苦求索，像摩西一样带领曾被思想禁锢的写实技术，走出沙漠来到富饶的迦南地。

又如《好牌》，画面里的姑娘似乎在讲述神秘的密码。左上角的数字8，是中国汉字"发"的谐音，代表着艺术的无限发展，也见证着画家从娃娃系列到少女系列的博弈历程。画面还通过扑克牌使人联想到人生的复杂性和拉斯维加斯的神秘性。画家必须要捕捉到时代潮流的前沿元素，并融入到人物的精神世界里。

而在《遥远的追想》中，他描绘了一座大卫式的欧洲人雕塑，与之面部相贴的，是一个具有美洲玛雅文化特征的面具。似乎寓意着欧美雕塑发展的两个阶段和两种迥异的风格，使人恍若进入一个穿越雕塑艺术史的时光隧道。

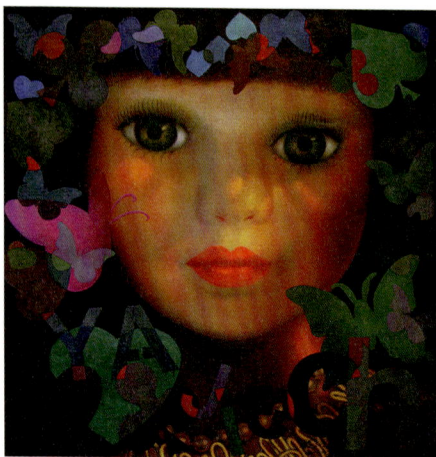

眸
100cm×100cm
1992—2016年
维也纳、拉斯维加斯

《眸》则更具唯美色彩。图中那个圆脸、大眼睛，犹如洋娃娃般可爱的小姑娘，灵魂的窗户里投射出一种纯真无邪、善良美好的人性的光芒，与围绕在她周围的美丽蝴蝶和英文字母相映成辉，色彩艳丽，画面饱满，是他对娃娃题材的一次全新诠释。

抽象主义的表现手法，也被程亚杰运用到"维加斯画派"的创作中。《不夜城》便是其中一幅。评论家刘学仁曾赋诗抒发观后的感受：

旋转的天空
淹没了沉缀的寒星
月色

不夜城　40cm×100cm　2016年　拉斯维加斯

忽闪着迷人的朦胧

树影儿婆娑

灯影儿蹉跎

散去了

人影儿的诉说

一片寂寞

只听见水流的声波

夜

停止了心的困惑

城

正捆绑着摇动的琢磨

风

温柔地走在街上
踩着虹的高歌

"维加斯画派"的诞生不是偶然的。它将西洋绘画的写实主义与中国画的写意风格，西方现代绘画的抽象主义与中国画的意境追求，梦幻现实主义与意向派画风，巧妙而有机地糅合到一起。这是只有亚杰这样见多识广，经历过东西方两大绘画体系的专业训练，并接受过东西方两种文化浸润的画家，才可能做到的，因而具有极大的新鲜感和独创性。

"维加斯画派"又是特殊人文环境对画家视觉刺激与心灵感染的一种必然结果。拉斯维加斯是一座具有神秘、时尚与唯美特质的城市，浓缩了从古埃及金字塔到水城威尼斯、埃菲尔铁塔等人类天才的创造，美轮美奂，带给艺术家们无限的艺术灵感和丰富想象。十数年前的人物速写本身便具有历史感和艺术价值，加上与拉斯维加斯独特气质相契合的各种象征与符号——扑克、密码、数字、蝴蝶，可以说，是时间与空间、历史与现实，以及画家艺术风格的不断变化，共同催生了这一崭新画派的诞生。

"当法国点彩遇上中国大写意"，艺术评论家米歇尔这样写道，"程亚杰用神奇笔墨的点染，嫁接着东西方文化，这样具有国际时尚理念的艺术语言和表现形态，也许就是他最渴望达到的彼岸。"

真是一语中的。他本来就站在东西方文化的交汇处，从这里出发，距离他所向往的世界美术之巅，便不会遥远了。

《底牌》，对未知的探索最刺激

　　人在打牌时，无论手上的牌多好，都不如对下一张牌（底牌）抱有更大的兴趣与期许。人做任何事时，都是对未知事物的探索，这个过程最有动力、最刺激，你的所有希望，所有想象，都在这张底牌上，一旦掀开，结果反而不重要了。这便是程亚杰创作《底牌》的缘起。这张画和其"姊妹篇"《游戏人生》中的美少女，都是以他的女儿做模特的。但怎样表现少女手中和画面中的扑克牌呢？这让画家颇费了不少脑筋。因为扑克牌中的 J、Q、K，都是平面的，不适合油画表现，所以，他将扑克符号用三度空间表现，若有若无，糅合到背景里；又用伦勃朗式的光线，烘托画面的主体（美少女），通过其丰富的动作表情，承载一个大主题：人一生所追求的，就是下一个未知数，而底牌就是未知数。绘画与诗一样，不可平铺直叙，索然寡味，而应给读者带来无穷的想象、联想，甚至神秘感。

《游戏人生》，人生就像打扑克

　　作为《底牌》的"姊妹篇"，画家用同样的手法、同样的构图和同一位模特儿，寓意人生就如打扑克一样，是一场游戏，换个说法就是，人生如戏，戏如人生。但每个人都有自己的人生轨迹，变化莫测，就像打牌一样，不管牌好牌坏，每次皆有不同，不会重复，不能模仿。画中美少女，侧目而富魅力，冷眼看人生，内中充满对未来世界的疑惑、探求与渴望。人生虽无定数，但对一个成熟的有知识的人来说，不会复制别人的人生，而是大胆创造自己的未来。

第二十六章 吴哥窟的神秘微笑

柬埔寨。一架直升机从首都金边起飞，前往240公里之外、洞萨湖以北的著名世界文化遗产吴哥窟。飞机里唯一的乘客就是程亚杰。他做梦也未想到，有一天，他会以这种身份、这种方式飞越这个既熟悉又陌生的神秘国度。这是2016年夏，一个阳光明媚的日子。

说熟悉，是因为学生时代亚杰就听说了这个国家，听说了它的正在中国避难的柬埔寨国王诺罗敦·西哈努克。当年，没有哪个国家的元首，能够受到他那样的最高规格的礼遇——毛泽东、周恩来等中国领导人多次接见他，并一起登上天安门城

程亚杰于2016年乘专属直升机飞往柬埔寨七星海程亚杰吴哥窟艺术工作室

梦蝶圆舞曲　直径26cm　2016年
程亚杰吴哥窑艺术工作室、景德
镇美术馆

梦见维加斯　直径14cm　高15cm
2016年　景德镇美术馆

楼，接受中国人民的欢呼和尊崇。亚杰本人也参加过学校组织
的欢迎西哈努克访问天津的夹道欢迎的队伍，亲眼目睹了这位
国王的风采。据说，当国王的车队驶过解放北路时，国王恍惚
置身于他早年留学过的法国首都巴黎。作为20世纪二三十年代
的法国租界，这条街区留下了不少欧洲古典建筑。毛泽东曾用
"天津的洋楼，北京的四合院"来形容这两座城市的最大建筑特
征。还有国人几乎都会哼唱西哈努克亲自作词作曲的歌曲《怀
念中国》，以及他与王后莫尼克公主的爱情传说，则令人领略
了这位国王的浪漫多情与多才多艺。

　　"啊，敬爱的中国啊，我的心没有变，它永远把你怀
念……你是一个大国，毫不自私傲慢，待人谦逊有礼，不论大
小，平等相待。你捍卫各国人民自由，独立，平等，维护人类
和平。啊，柬埔寨人民是你永恒的朋友！"

干细胞之谜

在瓷盘上作画，是程亚杰萌生已久的愿望。小时候，他便与恩师王麦杆学过陶瓷制作，在维也纳又研究过欧洲名贵瓷器，并与中国瓷器进行了比较。在筹办吴哥艺术馆期间，他抽空到景德镇参观学习，了解瓷器的烧制过程，从拉胚、上釉、着色，到烧制温度和色彩变化的把控，均做了反复研究和试验，才烧出了满意的瓷盘作品。在此期间，他曾带中国医疗代表团来束考察，首次接触到一个陌生的名词：干细胞。干细胞和再生医学是人类在生物科学领域的重大创新与突破，它刺激着程亚杰以瓷盘为媒介，讲述干细胞的故事。在造型和形式感上，他打破固有的模式，利用大理石的肌理效果，来表现干细胞的千变万化和神秘莫测。

如今，西哈努克虽已作古，而中柬两国的传统友谊却历久弥新，在新的国际形势下显得愈加珍贵。在东盟十国中，柬埔寨是与中国关系最"铁"的国家；而新加坡又是东盟与中国"十加一"关系的联系国，所以，作为从中国走向世界的新加坡画家，亚杰便成了拟议中的东盟十国文化交流中心最合适的规划设计人。此次他作为柬埔寨政府文化部的客人访柬的目的，便是为文化中心选址并到吴哥古迹等地参观考察。

说陌生，是他对柬埔寨这个神秘的国度、对慕名已久的吴哥古迹全然没有感性认识。而越是陌生，越是激发起他身临其境进行探索的强烈欲望。

抵达吴哥时，天正下着蒙蒙细雨，走出直升机，一片气势恢宏的建筑群兀立眼前，它便是吴哥地区最主要的古迹吴哥窟。它的主体建在一座石砌的三层台基上，每一层的四边都有石雕门楼和石砌回廊，最上层有五座形似莲花蓓蕾的尖塔，象征着印度教和佛教神话中的宇宙中心和诸神之家。柬埔寨视其为国家的象征，将它的图案绘在国旗上。

前来迎接他的，是吴哥窟历史博物馆馆长占正岚先生。

"欢迎你，程先生，旅途辛苦了！"占正岚馆长是一位身材清瘦、唇上蓄着两撇小胡子、多少有点儿学究气的中年男士，操着一口流利的英语热情问候道。

"谢谢，很高兴见到你！"

"请问程先生是第一次到吴哥吗？"

"是的，但我与它神交已久了。从金边一路过来，在我眼中，它是最美的！"

"说得太对了，它的确是最美的。你知道吗，在联合国教科文组织评定的世界文化遗产中，2002年它排名第七位，去年已经排名第二位了。它与埃及金字塔、中国万里长城、印尼的婆罗浮屠并列为东方四大奇迹。吴哥窟的创建者是古代吴哥王朝苏利耶跋摩二世，建于1112年至1201年。15世纪上半叶，吴哥故都废弃，吴哥窟亦荒芜冷落。19世纪中叶后重新修整，成为世界闻名的古迹。整个建筑宏伟精美、鬼斧神工，充分反映了柬埔寨古代工匠们的惊人智慧和精湛的艺术才能。这样吧，我们边走边看，好不好？"

"一切听从您的安排。"亚杰已经迫不及待，欲与吴哥零距离亲密接触了。

作为造型艺术家，吴哥窟最吸引亚杰的当然是它极富想象力、造型精美、刻画生动的浮雕了。它们位于五座莲花尖塔下的石砌回廊壁上，浮雕内容有反映当时人民生活的，如打猎、捕鱼、送别、战争等；有重现古代传说的，如"乳海翻腾""天神制魔"等神话故事；还有趺坐的佛陀、跳舞的女神，以及人头、鸟兽、虫鱼的雕刻等。尖塔外面红褐色的巨石上刻着神情各异表情丰富的佛像，姿态万千，栩栩如生。

对视

编　码

　　世界已进入数字化时代，用编码形式传递时代信息，已成为当代人生活中不可缺少的技术手段。程亚杰通过抽象的色块表现了奥妙无穷令人匪夷所思的数字世界，引起美国一家公司的垂青，欲买断该作品的知识产权，作为公司产品的"身份证"和 Logo。但不差钱的作者不愿就此告别他的"编码盘"。

其中最令亚杰震撼的是一尊微笑的佛像。它笑得那么委婉含蓄，那么神秘莫测，是释放普度众生的爱心和善意，还是窃笑尘世间的执迷不悟和无谓争斗？这是个谜。他猜不出来，但他希望有一天，能用他的画笔，破解这个千古之谜。表现手法，自然是他所擅长的梦幻现实主义。只有它，能与脸上挂着神秘微笑的佛像不谋而合：亦真亦幻，亦实亦虚，令人浮想联翩、琢磨不透，艺术的魅力即在于此。

"怎么样，程先生？"看到亚杰在佛像前伫立凝思的样子，占正岚馆长关切地问道。

"我想在这儿画画写生，在此基础上创作一批油画，总的题目就叫《梦幻吴哥》，用梦幻现实主义手法，表现吴哥窟的历史和现实，深入开掘它的人文内涵，放在东盟十国文化交流中心美术馆里……"

柬埔寨文化与艺术国务秘书肯沙列在金边会见程亚杰

高棉的故事　直径28cm　2016年　程亚杰吴哥窟艺术工作室

"太好了，程先生。在我们这儿投资建馆的，修复文物的有得是，来自世界各国，比如我们刚才路过的那座桥是日本人建的，博物馆是泰国人建的，美术馆是朝鲜人建的，雕像是中国人和法国人修复的……而用当代艺术形式表现吴哥文化的却不多，像你这样大手笔展示吴哥文化的，也许是第一个。"

"不但如此，我还有一个更大胆的设想，就是建立一个3D影像体验馆，真实立体地还原古代高棉的历史文化，里面要有故事、有实物、有艺术品，使人仿佛穿越时间的隧道，亲身体验高棉文化的神奇与博大。你知道好莱坞大导演卡梅伦吧？"

"当然知道，美国大片《泰坦尼克号》和《阿凡达》是他的代表作。"

"没错，他的3D影像技术绝对是世界一流的。如果我们能与他的3D团队合作，这个体验馆就盖了帽儿了！"

"是的是的，你的想法太好了，我跟程先生真是相见恨晚啊！"

离开吴哥，柬方陪同人员还带亚杰游览了位于柬埔寨西南部泰国湾的红树林。这里便是柬埔寨政府主导、优联集团投资兴建中的"七星海旅游度假特区"。未来的东盟十国永久会址暨文化交流中心便落户于此。程亚杰在柬方人员陪同下，乘船游览"红树林"。它有些像国内的芦苇荡，又有些像水城威尼斯。已是入夜时分，树梢上明月如钩，水面上蛙声鼓噪，不时有萤火虫从眼前飞过；抬头仰望苍穹，星光璀璨，银河高悬，宇宙无限遥远，时空无际无涯，令人百感交集……顿感地球之渺小，生命之短暂，只要一息尚存，就要奋力拼搏，为后人留下一份美的遗产、精神的盛宴。

翌日拂晓继续参观，方知此地方圆300多平方公里，不仅有红树林、白沙滩，更有连绵起伏的丘陵地带，多样地貌，错落有致，不禁思绪泉涌，智慧的火花四溅，学过建筑又懂美学的他，很快在脑海中勾勒出一幅美丽的蓝图。

返回金边，亚杰将此行的所见所闻所思，向接见他的柬埔寨文化与艺术部国务秘书肯沙列和盘托出。

"程先生是国际知名画家，是东方人，又遍游欧美，可以说广闻博识。不知这次光临我国有何观感？"肯沙列国务秘书问道。

雀巢　40cm×50cm　2017年　程亚杰吴哥窟艺术工作室

2016年，于程亚杰吴哥窟艺术工作室作品前

"我在中国看《正大综艺》，主持人常说的一句话，就是'不看不知道，世界真奇妙'。这次到贵国参观考察，更体会到这句主持词的深意。我觉得，柬埔寨有灿烂的历史文化，有吴哥窟这样的世界级文化遗产，旅游资源十分丰富，应当好好挖掘。"

"是啊，你对发展我国的旅游事业有何建议呢？"

"我认为，贵国要充分利用作为东盟成员国、东盟与中国10＋1的特殊关系，依托东盟文化交流中心这个平台，发展贵国的旅游事业。只要一有'中心'，一开会，就会成为旅游圣地。您知道，瑞士的达沃斯是个只有两万人口的小镇，却在世界上闻名遐迩，什么原因呢？就是因为每年一度的达沃斯论坛。而柬埔寨的自然和人文条件与达沃斯相比，毫不逊色。这么好的资源为何不利用呢？"

"程先生，你能否具体说说，怎样规划和利用我们现有的旅游资源？"

"您看啊，将在贵国建设的'七星海特区'和'东盟十国文化交流中心'，就是未来东南亚的'达沃斯'，可以在此建设开发一个囊括会展、旅游、商贸及休闲度假一条龙式的服务体系，以吸引各国嘉宾和游客前来开会和观光旅游。在这个'特区'里，可以建设饭店、赌场、跑马场、商厦、娱乐场、世界红酒博览会和儿童乐园。还可以打造柬埔寨的罗马古城、威尼斯水城和瑞士茵特拉根式的养老院。为此，就要面向世界招商引资，建设相关的配套设施，比如可以建设机场、高铁，开辟邮轮航线，与中国的'一带一路'对接。如此一来，不仅开发了旅游事业，也会大大促进贵国的经济发展……"

2016年，程亚杰于七星海

程亚杰吴哥窟艺术工作室内景

程亚杰吴哥窟艺术工作室外景

"哎呀程先生，你怎么什么都知道啊！你的建议很有价值，我们会认真研究采纳的。相信我们的合作一定会结出累累硕果的！"

他忽然觉得，自己已经不是以一个画家的身份，在为友好的柬埔寨人民出谋划策，而是身负了一份沉甸甸的国际义务！

尾　声

未知的明天在呼唤

　　又是一个金色的秋天。他又回到了故土。飞机刚刚在天津滨海机场降落，他便改乘汽车赶往唐山。几日后，又飞往景德镇。这两个地方都是中国著名的陶瓷产地。他开始尝试将自己的作品画到瓷瓶上。这是他的艺术创作从二度空间走向三度空间的一次最新尝试。

　　自幼，他就喜欢冒险。对孩子而言，冒险无非是寻求刺激，证明自己的勇气和力量。稍长，他懂得了冒险的真正意义是追求和探索未知的世界。这个世界总是丰富多彩瞬息万变的。人若想有所作为，就不能被动地适应和屈从这个世界，而要勇敢地、能动地探索和改变它。在艺术领域亦是如此。

　　他曾做过一个梦。在梦中，他追逐着一只美丽的蝴蝶。蝴蝶飞走了，他在坠落山崖的一瞬间，被母亲唤醒了。其实唤醒的不仅有他的梦，还有他的灵魂和精神。他全神贯注地汲取着人类所创造的一切艺术与美的营养；他迈开双脚到缪斯的故乡"朝圣"；他用梦幻现实主义的手法描绘世界（在这个世界里，蝴蝶成了他画中的重要符号）；他在东西方文化的交界处探微抉幽……不过，已不是梦中蝴蝶飞舞的山野，而是在活生生的现实中，在通往最高艺术殿堂的崎岖不平的小路上。他是一个世界级艺术家，他的视角是世界的，观念是世界的，语言是世界的，而这一切都源自他的"朝圣"之旅。

他从小有一个梦，画家梦；不是一般的画家，而是一个走出国门，与欧洲大师亲密接触，让东方的"血统"与西方的"语言"嫁接，从而创造一种东西方人都能接受和认同的绘画风格的画家。

为此，他从解体后的苏联，来到世界音乐之都维也纳，成为梦幻现实主义大师胡特的高足。胡特教导他以一种全新的态度对待艺术，以一种更具创意的方式思考问题。在国内，艺术院校老师的基本教学方法，便是将他们学生时代从老师那里学到的东西，原封不动地传授给下一代，就是一个依样画葫芦的过程。胡特则鼓励学生与自己不同，鼓励学生以自己的视角重新解构和塑造一个全新的美学境界。在国内，多数艺术家接受的是现实主义的创作方法，画出的画像照片一样细腻逼真，并以此当作技艺高超的表现。来到欧洲后，他摒弃了之前的做

2016年，程亚杰于景德镇工作室画瓷

法，在照相写实之外赋予描绘对象更多的意义。他超越了现实生活中的人物和场景，重新结构他心中的画面。这就是诗意的想象和浪漫的幻想。

如果说，他在胡特指导下创作的首幅作品《天际》，还能看出达利构图和色彩影响的话，那么，其后色彩华丽、富于装饰意蕴的"维也纳系列"，便完全是他自己的创造了。这是一组用水果和花瓣砌成的女人体，她们婀娜多姿，乘坐巨大的玫瑰花瓣，在天鹅和蝴蝶的陪伴下，飞向一个飘浮在云层中的岛屿，岛屿上的风景就是维也纳的古典建筑。没有人这样结构过女人体。它是想象的产物，同时又不违背现实的逻辑。还有他的"娃娃系列"等，无不在表象的背后，隐藏着深刻的思维和哲理，是现实与梦境以戏剧化形式融合在一起的范例。

在艺术技巧上，他从胡特身上受益最大的，是对色彩的把握。他熟悉油画颜料的制作过程，懂得颜料的性质和调配方法，这样，到了画布上，他才能对色彩控制自如，用薄而透明的色彩，表现出物象的丰富和绚烂。他甚至研究色彩心理学，把握不同情绪下的不同色调和氛围。

站在新加坡这个东西方文化的交会点上，他接触到当今世界最前沿和最高端的艺术，不仅是绘画，还包括影视、建筑、服装、饮食、风俗等；能分辨出各种艺术流派、创始人、发展走向，以及作品收藏于世界的哪个博物馆、美术馆和私人收藏家手里。他学会了与不同民族及信仰的人打交道，无论是俄罗斯人、奥地利人、新加坡人，还是法国人和美国人，都力图学习他们的语言、文化和民族性格。艺术家要学会做人，他的作

2010年1月，程亚杰于天津写生

品之所以受到藏家追捧，与他会做人关系很大。

在他看来，艺术是一种心理活动，是一个人的素质、修养、见解不断历练和提升的过程。因此，他最感兴趣的是艺术心理学。他力图研究人类的生存状态，精神面貌，各民族对艺术的理解，艺术怎样影响人类思维和行为等。可以说，这些从他中学时代便已涉猎的学问，已渗入他的大脑和血液中，完全不能停顿下来了。人生离开了艺术，就如离开了阳光、空气和水一样。他常常思考人应该怎样活着，实际上，不管你有多大本事，多深的造诣，创造了多少财富，最后的归宿是一样的。艺术虽不能让人延长生命，却能令人感到其乐无穷。具体地说，就是把在现实中看到的、听到的、感觉到的，升华为我们会为之激动、产生美好印象的东西。比如小时候你听过的革命歌曲、恋爱时听过的爱情歌曲，几十年后回忆起来，一定会将你带入当时的特定情境中。这就是艺术的魅力。它会潜移默化地凝固于你的头脑中，形成一个焦点。在欧洲留学时，他发现很多前沿的艺术家，技法都很简单，作品没有市场，生活穷困潦倒，但一走进他的工作室或画室，那叫一个美！他们的快乐从何而来？是从艺术中来的。他们的快乐就源于创作时的一个笔触、一个突发奇想，甚至一个"意外"效果。如果我们画错了，可能毫不犹豫地划掉重来，但是他们会在这错误中发现美。

艺术是一种主动的快乐，是你之所以热爱并为之痴迷的原点和初衷。他作画时就是这样。无论走路、读书还是看电影，都处于观察、体验和思考中，终于有一天，他发现了一个触动他心灵的东西，便开始构思它，扩展它，之后所要表达的主题就会跃然于画布之上。把熟悉变得陌生，把平凡变得

程亚杰与杜仲华

不平凡，这就是一个优秀画家的本事。

当他的创作状态即将到达巅峰时，媒体和业内人开始称他为"大师"。什么是大师？在他看来，大师要靠作品说话。能够评定一位艺术家是否是大师的，不是某个人、某个机构，也不是艺术品市场，而是美术史。能够被称为大师的艺术家，不仅作品是大师级的，灵魂也应当是高尚的。他就像一个技艺超群的魔术师，走出国门，走向世界，在进行艺术朝圣的过程中，修炼和成就了自己。你不知他手里有多少牌，下一张牌出什么；他不断翻牌、洗牌，变幻手法，频出新招，看得你眼花缭乱，却参不透内中的奥妙。他可以画非常写实的作品，也可以画非常"梦幻"的作品；可以画非常"意向"的作品，也可以画非常抽象的作品；他可以画人物，可以画动物，可以画风景，可以画静物……他的艺术没有框框，没有边界，从不重复别人，也不重复自己。如今，他的角色也在变幻之中，从一个国际知名画家，向着更广阔的方向发展。他总是来去匆匆，不知疲倦，从一个地方到另一个地方，从一种风格到另一种风格，从一个高度到另一个高度。其实上天对每个人都是公平的，就看你怎样认识自己的生命，有没有燃烧的激情和欲望。

他时常忆起恩师胡特的一段话。胡特说，在他十几岁时，有幸进入一位维也纳女画家的工作室。这个工作室对他的吸引，就像"一只野猫扑向它的猎物"：单单是松脂精的气味，对他的吸引就像高级香水对时尚女郎的吸引；而调色板、画架、刚开工的画，都激起了他要在这里工作和生活的"贪婪欲望"。他认识很多有绘画天赋的人，似乎都缺乏这种欲望。他们头脑中没有一个马达驱使他们走向画架。而没有这种强制力或者说意志力，人就会变得慵懒、傲慢、止步不前。

　　他无疑就是这种头脑中安装了一个马达的人。正是这只"马达"，驱使他永不停歇地向着自己既定的目标前进。人的生命是有限的，他把有限的生命在宽度和厚度上做了最大化的延伸，从而获得了人生价值的最大化。

　　他梦想成真了吗？到达理想的彼岸了吗？如果有人问他这个问题，他必定会摇摇手，笑而不答。

　　因为他也不知道 —— 如果明天的生活与今天的一模一样，你还会有兴奋和刺激吗？

后 记

　　2012年的某个春日，一位画家朋友忽然打电话给我："老杜，你听说过程亚杰的名字吗？""嗯，有点儿印象。是不是在一个海外发展的画家，好像知名度还不低。""对呀，就是他！他就在我家里，你有时间过来一趟吗，他很想见见你！"当时，我在《今晚报》上有个"老杜名人工作室"的专栏，每周刊发一篇我的名人访谈文章，在社会上有一定的影响力。因此，不时有人向我推荐采写对象。接到张胜的电话后，我很快赶到他的住所，见到了这位来自新加坡的画家。

　　站在我眼前的程亚杰，穿着一件熨烫平整的格衬衣，深灰的裤子，头发剪得很短，胡子刮得很干净，显得十分潇洒利落；言谈举止，卑亢有度，彬彬有礼，完全没有某些大画家那种自命不凡的样子。难怪当他在北京出席国际艺术博览会时，没有人觉得他是画家，而误以为他是个高级白领或 IT 界人士。然而更令我感兴趣的是他独闯世界进行艺术"朝圣"的故事。中国画家闯世界的很多，我相信每个画家都有每个画家的独特经历和故事。但像他这样富有传奇色彩的不多，像他这样辗转亚、欧、美多个大洲的不多，像他这样有市场价值有成就的也不多。一句话，他的经历和成就具有一定的典型意义，对于渴望成功的年轻人而言，具有一定的励志作用。这便是我在《今晚报》上用两个专版篇幅报道他的事迹并引起反响后，意犹未尽，决心为其作传的原因。我对他的采访是在他每次回国时进行的。因而时断时续，从2014年至2015年，共交谈了十余次，累计二十多个小时，掌握了大量第一手资料，然后从2016年初开始写作，当年夏天完成初稿。

在我看来，人物传记写作不同于小说创作，虽然人物传记也允许适当合理的想象和虚构，但在本质上是以真实为生命的，这一点，与新闻写作有异曲同工之妙。因此，我的这本传记力求真实再现画家的人生和艺术经历，以及从中体现出的他的人生观、艺术观。与此同时，也力求用文学的思维、文学的语言铺排情节、描写人物行为与心理，使之较新闻写作更生动、更形象、更具画面感和可读性。书中人物多为真名实姓，只有个别人物为慎重起见采用了化名。所幸的是，画家进行艺术"朝圣"的有些地方，例如奥地利的维也纳、法国的蓝色海岸、意大利的威尼斯、美国的拉斯维加斯，都是我曾经身临其境访问和游览过的，在脑海中留下了美好的印象，写起来便没有生疏感。在专业方面，巧合的是，我和程亚杰都在天津工艺美校学习过，都接受过当年的苏式绘画教育，对苏联及世界绘画史有所了解和认知。这些专业知识，对准确把握和描述当代中国和世界绘画发展态势，是至关重要的。我相信我基本上达成了写作目标：尽可能完整真实地再现人物的传奇经历和艺术风貌，引领读者随着我的笔触，去了解一位中国画家独闯世界的精彩故事，并从中得到某些启示与激励。

　　作为本书的作者，我真诚地希望程亚杰沿着成功之路继续前行，以他的才情和智慧创作出更多更好的作品，为世界画廊增光添彩。而我们共同的愿望是：这本书只是他人生传记的第一部。

　　　　　　　　　　　　　　　　2016年10月10日于津门